博多豚骨ラーメンズ14

木崎ちあき
イラスト／一色 箱

「探偵事務所の仕事、続けることにしたの？」
「こんな見た目じゃ、クライアントに会えないからな」

14

ヒーローインタビュー

体が怠(だる)い。頭が重い。

今日が何日で、何曜日なのか。今が朝なのか夜なのかさえもわからない。毎日ただいたずらに時間だけが過ぎていくばかりだ。

ソファに横たわったまま、林憲明(リンシエンミン)は天井を見つめていた。ただぼんやりと。なにをするわけでもなく。

マーダー・インク本社ビル炎上事件。

あれからもう一か月以上が経(た)っているが、今もなお強い喪失感と、それによって引き起こされる無気力感が林の心を蝕(むしば)み、体の自由を奪っていた。

こんな感覚は生まれて初めてだ。

いったい自分はどうしてしまったのだろうかと思う。生きている実感というものが皆無だ。なにも感じられない。まるで何の意思もない人形になり替わってしまったかのようだった。深い虚無に支配され、思考もままならない。なにも考えられない。なにも考えたくない。

主を失った事務所も酷い有様だった。脱ぎ散らかした洗濯物があちこちに散らばっている。シンクの中には汚れた皿が山のように積み上げられたままで、テーブルの上にはインスタント食品の容器が散乱し、異臭を放ちつつある。

臭いといえば、自分はいつから風呂に入っていないのだろう。この寝巻もいつから着ているのだろうか。絡まった髪の毛を掻きながら、ふとそんなことを思う。そろそろ洗わないと頭が痒い。

だが、掃除も入浴も、億劫で仕方がない。

やらなければならないとわかってはいるのに、体が動かない。まるでガス欠を起こした車のように、アクセルを踏んでも反応がない。

静まり返った部屋の中には、ただ時計の秒針の音だけが一定のリズムで響き渡っていた。寝返りをうち、壁に視線を向けて確認する。いつの間にか時刻は夕方になっている。

そういえば、今日はまだなにも食べていない。

「……腹減ったな」

誰もいない部屋で、ぼそりと呟く。

食事をすることさえも面倒だった。だが、どれだけ気力を失っていようと、空腹には勝てなかった。

のそりと上体を起こした瞬間、馬場の顔が目に留まった。

事務机の上に写真立てが置いてある。遺影代わりにとジローが用意してくれたものだ。

写真の中の馬場はユニフォーム姿で、バットを肩に担ぎ、満面の笑みを浮かべている。

「……飯作るけど、お前も食う？」

返事のない相手に向かって、林は声をかけた。

ソファから腰を上げ、のろのろとした足取りでキッチンへと向かう。棚からカップラーメンを二つ取り出し、熱湯を注ぐ。

その片方を、馬場の写真の前に供えた。

『はい、どうぞ。食べんしゃい』

不意に思い出してしまった。この事務所を訪れて、馬場と初めて出会った日のことを。

あのとき彼が作ってくれたカップ麺の味は今でも覚えている。あれだけ苦手だったこってりとした豚骨味が、悪くないと思えた瞬間だった。

いただきます、と手を合わせ、麺を啜る。

『うまかろ？』

声が聞こえた気がした。

視線を上げると、遺影の中の馬場と目が合った。あのときと同じように、自分に笑顔で語りかけているように見えた。

箸を置き、呟く。

「……うまくねえよ、ひとりで食べても」

馬場は死んだ。

わかっている。頭では理解している。

それなのに、まだ受け入れられない自分がいる。

馬場が今もどこかで生きているんじゃないかと、あの火災から無事に逃げ延びて、今頃は安全な場所に身を潜めているんじゃないかと、都合のいい結末ばかりを考えてしまう。

だが、馬場の死は科学的に証明されている。警察の捜査によって。

覆すことのできない事実なのだとわかってはいるのに、それでも希望を捨てられないでいる。捜査の矛盾点を探し出そうとしてしまう。どこかに粗があるのではないかと。

ただ彼の死を受け入れたくないだけで、認めたくないだけで、それが無駄な足掻き(あがき)だということには、自分でもとっくに気がついているのに。

残りの麺を掻き込んだ、そのときだった。不意にノックの音がして、事務所のドアが開いた。

「邪魔するぞ」

入ってきたのは重松(しげまつ)だった。

足の踏み場もない状態の床を見回し、「まったく、いつ来ても汚い部屋だな」と眉をひそめている。

重松はここに来る度に小言を言う。林はラーメンを啜りながら、心の中で「うるせえ」と呟いた。

そんな林の顔を覗き込み(のぞきこみ)、

「少し痩せたんじゃないか？　ちゃんと食ってんのか、林」

と、彼は心配そうな表情を浮かべた。

空になった容器を掲げ、言葉を返す。「今食った」

「カップラーメンかよ」

相手は呆れ顔に変わった。

「そんな健康に悪いもんじゃなくて、肉と野菜を食え」

重松はその手にスーパーの袋を持っていた。中身はパックに入った牛肉と、カット済みの野菜。

こうして時折、重松は手土産を持って事務所に現れる。自分を元気づけようとしているのだろう。その気遣いは有難かった。

「冷蔵庫に入れとくからな……って、お前、冷蔵庫の中になにも入ってないじゃないか。俺んちの方がまだマシだぞ」

「わざわざ文句言いに来たのか？」

「それと、報告があってな」

顔を見に来ただけではないらしい。邪魔な洗濯物を退けてから、重松は向かい側のソファに座った。

「嗣渋司の容態が回復して、本格的に取り調べが始まった」

という重松の言葉に、林は身を乗り出した。

身柄を確保されたときの嗣渋は重傷だった。右の手首から先がなく——切り落としたのは馬場だが——至る所に怪我を負っていたという。その後、すぐに救急搬送されたが、話ができるまでに回復するのに一か月以上を要した。取り調べが遅れたことは致し方ないだろう。

「認めたらしいぞ。あの会社が今までやってきた悪事、すべてをな」

「……すべて？」

「ああ、全部だ、全部。暗殺請負業もデスゲーム計画も、殺人ショーについても、すべて自白した」

重松の話によると、嗣渋は黙秘することもなく、病室での聴取に素直に応じているという。意外だった。

「案外、往生際がいいじゃねえか」

「殺し屋だからな。奴なりの美学ってもんがあるんじゃないか」

「なるほど」

林は頷いた。殺し屋の美学か。そういう話なら、同業者として理解できないこともないが。

「それで、嗣渋の野郎はこれからどうなるんだ？」

「元はといえば先代の社長が始めたことだからなあ。本人の関与をどこまで立証できるか次第だが……」

重松は考え込み、答えた。

「最悪死刑か、まあ、運がよければ無期懲役ってとこか」

無期懲役は終身刑とは違う。事の次第ではほんの十数年で出所することもあるという。

馬場は死んだ。それなのに、その元凶がのうのうと生きている。最終的には自由を手にすることができる。さすがに許しがたい話だった。

いっそのこと、死刑になってしまえばいい。そう願ってしまう。たとえ無期懲役だったとしても、生かしてはおかないが。

「判決がどうなろうと関係ねえ。嗣渋がシャバに出てきたときは、俺がこの手で殺してやる」

呟くように林がそう言うと、重松は「刑事（俺）の前でそんなこと言うな」と肩をすくめていた。

「まあ、殺人請負会社なんてもんがこの国に存在していたなんて、さすがに公にはできないからな。それについては報道規制が敷かれてるが、過去にマーダー・インクと関わっていた警察幹部は何人か逮捕されてたよ」

「俺らが盗み出したデータが役に立ったってことか」

「そうだな」

重松は頷き、

「おかげであの会社は壊滅だ」馬場の遺影を一瞥した。「結果的に親父さんの仇を取れたんだから、あいつも悔いはないだろう」

組織の全貌を白日の下に晒すことはできなかったが、殺人請負会社マーダー・インクは壊滅した。そして、黒幕である嗣渋司も逮捕された。これは馬場の望んだ結末だと言えるだろう。やれるだけのことはやった。命と引き換えにあの男は本懐を遂げたのだ。

重松は「そう割り切るしかない」と呟いた。まるで自分に言い聞かせるような声色だった。

これは馬場本人が望んだ結果。わかってはいる。だが、そう割り切るには、失ったものが大きすぎる。

重松が腰を上げた。

「じゃあな、また遊びに来るよ」

「……用がないのに来んなって」

その一言に、重松は小さく笑う。「素直じゃねえなあ」

林の頭を軽く叩(たた)いてから、彼は事務所を後にした。その背中は、いつもよりどこか寂しげに見えた。

辛(つら)いのは自分だけではない。

重松だって、ラーメンズの他の皆だって悲しんでいる。大事な仲間を失い、心を痛めている。立ち直っているように見えたとしても、本当は誰一人として傷は癒えていないのだ。

無邪気に笑う馬場の写真を一瞥し、

「……お前のせいだぞ、どうしてくれんだよ」

林は吐き捨てるように告げた。

目的地に到着し、榎田(えのきだ)は建物を見上げた。
昭和通り沿いにある、地上五階建ての雑居ビル。外観からしてかなり古い建物だっ

た。扉を開けて中に入り、まずは一階の案内板を確認する。二階には美容室があり、三階には派遣会社がオフィスを構えている。本日の目的である法律事務所は四階にあった。

エレベーターに乗り込み、四階のボタンを押す。

降りてすぐに扉があった。『妙見法律事務所』と刻まれたプレートが貼り付けられている。約束の時間より少し早いが、榎田は構わずドアをノックし、中に足を踏み入れた。

こぢんまりとしたオフィスだ。全国に拠点を置く大手の法律事務所というわけではないので、デスクは数えるほどしかない。榎田が辺りを見回していたところ、奥の席に座っていた男が腰を上げた。

「はじめまして、妙見達郎と申します」

男が名乗り、榎田に名刺を手渡す。

「どうぞ、こちらへ」

そのまま応接室へと案内された。

事務員がコーヒーを持ってきた後で、

「訊きたいことがあって、いろいろと」

　と、榎田は本題を告げた。

　重松の情報によると、嗣渋司は弁護人を付けなかったらしい。となると、この国の決まりでは嗣渋には国選弁護人が付くことになる。

　それがこの男、妙見達郎弁護士だ。

　榎田も個人的に調べてみたが、妙見は若手でもベテランでもない、優秀でも無能でもない、そして裏社会との繋がりも一切ない、ごく普通の町弁のようだった。

　妙だと思った。マーダー・インクほどの会社であれば、腕の良い顧問弁護士くらい何人も抱えていたっておかしくないだろうに。嗣渋はなぜ弁護士を選ばなかったのだろうか。

　いったいなにを考えているのか、わからない。初めて顔を合わせたときからそうだった。最後まで読めない男である。

　だから、知りたくなった。

　そのために、榎田はこうして嗣渋の弁護士とアポイントメントを取った。なにか情報を得られるのではないかと期待して。

「榎田さんのことは、嗣渋さんから伺っております。あなたに訊かれたことにはすべてお答えするように、と」

　そう前置きしてから、妙見は嗣渋の伝言を告げた。

「それから、『自由を奪ってしまって申し訳ない』と伝えてほしい。そう言われました」

　──自由を奪って、か。

　嗣渋に拉致されたことを思い出し、榎田は心の中で苦笑した。たしかに、あの男のせいでいろいろと大変な目に遭った。足の指の骨はすでに完治しているが、仲間二人を失った傷は未だに癒えない。

「嗣渋の様子はどう？」

　訊けば、彼はまだ市内にある病院に入院していて、取り調べも病室の中で行われているという。

「全面的に罪を認めています。反省しているというよりは、死刑になっても別に構わない、という感じですね」

　と、妙見は答えた。

「自棄になってんのかな」

「どうでしょう」妙見が首を捻る。「落ち着いているように見えました。どちらかというと、すべてを受け入れている様子で、警察の取り調べにも素直に応じているようです」

「死刑になる可能性は高い？」

嗣渋は殺し屋だ。それもかなりの場数を踏んでいる。常に命のやり取りをしてきたのだから、今さら死を恐れるような性質(たち)ではないだろうが。

榎田の質問に、

「今は何とも」

と、妙見は曖昧に返した。

「本人の証言がすべて事実だったとしたら、確実に死刑でしょうね。何人も殺しているんですから。それも、組織ぐるみで。……ですが、それを立証する手立てはありません。そもそも、証拠がないんですから」

「会社も燃えちゃったしね」

まあ、燃やした原因はこちらにあるわけだが。榎田は心の中で呟いた。起爆スイッチが作動したのは自分のせいだと言っても過言ではないだろう。皮肉なことに我々は、嗣渋を起訴するための証拠の隠滅に加担してしまった、というわけか。

「さすがに弱いかぁ、本人の証言だけじゃ」

嗣渋は大勢を殺した。あの事件以前にも、多くの人間を手に掛けてきた。殺人請負会社の跡取り息子として。

　とはいえ、嗣渋はそれらの証拠を残しているような無能ではない。警察が調べたところでなにも出てこないだろう。結局のところ、犯罪の証拠となるのは嗣渋本人の自供のみだ。

「だって、人殺しを商売にしている会社なんて、そんな荒唐無稽な話をされても……ねえ？」

　と、妙見は笑い飛ばした。

　普通の人間にとっては、その程度の反応で終わるような話だろう。自分も裏社会に身を置いていなかったら、信じられなかったと思う。

「まあ、信憑性（しんぴょうせい）はないよね」

「裁判官も検事も妄言だと思うでしょう。精神鑑定が必要だろうって。現に、嗣渋さんは過去に精神科の通院歴があったようですし」

「そうなの？」

「ええ。診断も出ています。妄想性の精神疾患だと」

　取り調べで正直に真実を話したところで、誰も信じない。それをわかっていて、嗣渋はあえて本当のことを証言したのだろうか。そうすることで逆に無罪を勝ち取ろうとしているのだろうか。

「もし仮に、犯行当時の心神喪失や心神耗弱が認められたとしたら、無罪もありえる？」

精神状態の不安定さを主張し、罪を軽くしようという魂胆かと思ったが、そういうわけでもないらしい。

妙見は首を左右に振った。「可能性はゼロではないですが、さすがに無罪にはならないでしょうね」

「どうして？」

「兄の馬場善治さんの殺害については、監視カメラの映像が残っているので立証されるでしょうし」

「……監視カメラの映像？」榎田は首を捻った。「あの火災で、データは全部燃えちゃったんじゃないの？」

「どういうわけか、一部だけ残っていたんです」

「そこに、馬場さん殺害の瞬間が映ってたってこと？」

「ええ。嗣渋さんの証言と、その映像の内容も一致しているようです。本人も強い殺意があったと認めていますし、彼が犯行後に証拠隠滅を図ったことも証明されています」

「犯行当時の責任能力が認められる、ってことか」

「そうです」

死刑判決には一応の基準がある。ケースバイケースではあるが。余程のことがない限り、一人殺しただけで死刑になることは稀(まれ)だ。

二人殺した場合は、無期懲役か死刑か、状況によって変わってくる。過去の判例からして、三人以上を殺せばほぼ確実に死刑になる。

とはいえ、それは事件として立証できた場合の話だ。

実際、嗣渋は三人以上を殺している。本人もそう証言している。しかしながら、今のところ、確実な証拠があるのは馬場の一件のみだという。嗣渋の刑期がどうなるかは、あと何人の殺害を証明できるかにかかっている。

見張り付きの病室という独房の中で、いったい嗣渋はどういう予想図を描いているのだろうか。

極刑を受け入れ、死を覚悟しているのか。それとも、罪を逃れる算段を用意しているのか。

あの男の腹の内が見えなかった。

妙見法律事務所を出てから、榎田は中洲（なかす）へと向かった。

いくら考えても嗣渋の狙いが読めなかった。前々から感じていたことだが、まるで深い井戸の底のような男だと思う。中を覗いても、ただひたすら真っ暗な闇が続いている。監禁されている間の、あの本人と対峙（たいじ）し、言葉を交わしていた日々も、幾度となく引きずり込まれそうな感覚があった。危険な男だ。当然だろうな、と思う。何といっても、あの馬場ですら敵（かな）わなかった相手なのだから。

仲間の死が頭を過（よぎ）り、榎田はため息をついた。気分を変えたかった。それに、少し頭を休ませたかった。軽く酒でも飲むかと思い立ち、足は自然と知り合いの店に向かっていた。

しばらくして、ジローの店にたどり着いた。まだ開店前だったが、榎田は遠慮なく扉を開けた。

「あら、榎田ちゃん」

店主は店の掃除をしているところだった。

「準備中の忙しいときに申し訳ないんだけどさ、ちょっと一杯飲んでってもいいかな?」

身勝手な願いにも、ジローは満面の笑みで頷いた。しかし、その笑顔はやはりまだどこかぎこちなく見えた。「もちろんよ、座って座って」

促され、カウンターに腰を下ろす。

「なにがいい?」

「じゃあ、ビールで」

「はーい」

視線を上げると、一枚の写真が目に留まった。棚の上に並ぶ酒瓶――その横に豚骨ナインの集合写真が飾られている。いつぞやの、練習試合の直後に撮影したものだった。

ユニフォーム姿で二列に並ぶ面々。その真ん中でキャプテンの馬場が、右端で監督の源造(げんぞう)が笑っている。

「……いい写真だね」

榎田は呟くように言った。

振り返り、ジローが「ああ、これ?」と写真を指差す。

「いいでしょう？　いつでも思い出したくて、二人のこと。だから、ここに飾ることにしたの」

写真を見つめながら、ジローは薄く笑った。

「喜ぶと思うよ、馬場さんも源さんも」

「そうだといいわね」

故人を偲ぶには思い出話をするのがいいと聞く。榎田は話を振ってみた。「ジローさんはさ、どこで出会ったの？　あの二人と」

すると、ジローは作業の手を止めた。

「聞きたい？」

にやりと笑う相手に、「ものすごく」と頷く。

ジローは一杯のビールを手に、榎田の隣の席に腰を下ろした。仕事は放棄することにしたようだ。

一口飲んでから、

「二人に出会ったのは、アタシが恋人を殺された頃だったわ」

と、懐かしそうに目を細める。

ジローの過去については少しだけ聞いたことがある。恋人をナイフで滅多刺しにされた、と。そして、その犯人は殺し屋だったと。それもただの殺し屋ではなく、殺しを楽しむタイプの快楽殺人鬼だった。恋人の最期の姿が凄惨なものだったことは、容易に想像できる。

「だから、復讐を依頼することにしたのよ。自分の力で裏社会のことを調べているうちに、殺し屋の存在にたどり着いた」

「すごい執念」

「でしょう？　それで、仲介人である源さんに会いに行ったの。あの人はアタシの気持ちを汲んで、一人の殺し屋を紹介してくれた」

「それが、馬場さんだった？」

「そうなの」

当時のことを、ジローは今でも鮮明に覚えているという。犯人が現れる日時と場所を調べ上げ、三人は現場の路地へと向かった。

準備が整い、これからその男を始末するというときになって、馬場はジローに言った。

「馬場ちゃんは、自分の脇差しをアタシに渡したの。『自分の手でトドメを刺したかったら、それを使いんしゃい』って」

「へえ」

そんなやり取りがあったとは。

馬場はジローに恨みを晴らす機会を与えたかったのだろう。だが、強制するわけではなく、最終的な判断はジロー自身に委ねた。

「それで、どうしたの？　ジローさんが殺したの？」

訊けば、ジローはゆっくりと首を振った。

「それがね、殺せなかったのよ、アタシ。どういうわけか、自分の手を汚すことが、できなかった」

あんなに憎んでいた相手なのにね、と弱々しく笑う。

「本当に、心の底から憎んでる相手だった。殺してやりたい殺してやりたいってずっと呪い続けてきたのに……いざその機会がやってくると、手が震えてしまうの。情けないわよねえ」

ビールを一口呷り、榎田は肩をすくめて返した。「でもまあ、普通はそういうもんじゃない？」

自分だったらどうだろうか。ふと考える。

憎い相手を前にしたとき、ジローと同じく、手に掛けることができないかもしれない。仮に今、弾の入った拳銃を握っていて、すぐ目の前に拘束された嗣渋司がいたとしても、自分は引き金を引くことはできないだろう。いくら仲間を殺した仇であっても、無理なのだ。

「人を殺すっていうのは、それだけのことだから」

「そうなのよね」

たとえ憎しみに支配されていたとしても、誰しもが越えることのできる一線ではない。

「あのときアタシは、馬場ちゃんが犯人を殺すところを、安全な場所からただ眺めることしかできなかった。自分で依頼したくせに、犯罪に巻き込まれるのが怖かったのよ」

その後、ジローと源造の二人は、ビルの屋上という離れた場所から、馬場の仕事を見守ったという。

「双眼鏡を覗き込むと、アタシの知らない世界が広がっていたわ。にわかの面をつけた馬場ちゃんが、日本刀で男の首を斬り落として、真っ赤な血が噴き出して……そのときにね、思ったのよ。もしかしなくても、アタシはとんでもないことを依頼してしまったんじゃないか、って」

「後悔した？」

「しそうになった」ジローが小さく笑う。「だけど、その後に、ちょっとした事件が起こったの」

気になる展開だ。榎田は身を乗り出した。「え、なに」

「源さんが気付いたのよ。わずかな殺気に」

「殺気？」

「そう。なんと、近くのビルの屋上に、別の殺し屋がいたの。ライフルを構えたスナイパーが」

「標的が被（かぶ）ったってこと？」

グラスを呷り、ジローは話を続ける。

「どうかしらね。ただその殺し屋が、馬場ちゃんがいる路地を狙っていたことは確かだった。標的が同じだったのか、それとも馬場ちゃんを狙っていたのかはわからないけど。ただ、銃口は確実にその二人の方に向いていた」

当然、源造はすぐに動いた。馬場に連絡を入れた。『九時の方向に敵がおる。どこかに隠れろ』と。

「なんとかしなきゃって思った。それでアタシ、とっさに投げちゃったのよ。馬場ちゃんから借りてた、脇差しを」

そして、その一投はスナイパーに向かって直進した。

「アタシのその攻撃が、相手に当たったような気がしたの。アタシたちはすぐにその場から逃げたから、殺し屋がその後どうなったかはわからない。もしかしたら、アタシのせいで死んじゃったかもしれない。……そう考えた瞬間、あんなに怖かった世界が、何ともなくなっちゃったのよね。ああ、アタシもこっち側に来ちゃったんだな、って思って」

話にはさらに続きがあった。ジローが歯を見せて笑う。

「その後ね、源さんに言われたの。『あんた、良い肩しとるやんか。コントロールもよか。一緒に野球せんね？』って」

のちに合流した馬場も、『それなら外野手向いとるばい』とジローを勧誘したという。

「へえ」と、榎田は声をあげた。ジローのラーメンズ加入に、そんな経緯があったとは。面白い話だ。

「それで、あのチームに入ったんだ」

「そう。あの二人のおかげで、今のアタシがあるのよ」

一笑してから、ジローは寂しげに眉尻を下げる。

「二人がいなくなっちゃったことは悲しいけど、目を背けたくない。いつも、二人のことを考えていたいから」

だからこうして、彼らには目の届くところにいてもらう。ジローは再び集合写真に視線を向けた。

忘れることなんてできない。

乗り越えることなどできない。

だけど、それでいい。ずっと、この悲しみと付き合っていけばいい。ジローはそう考えているようだ。

懐かしい思い出に浸ったところで、

「それより、林ちゃんが心配よねぇ」

と、ジローは悩ましげにため息をついた。

「昨日ね、事務所まで様子を見に行ったんだけど、ものすごくだらしない格好してたのよ。髪の毛もボサボサで、鳥の巣みたいな頭になってて。まるで馬場ちゃんみたいだったわ」

それは興味深い話だ。あれだけ化粧や服装にこだわっていた男が、今やそんな小汚い姿になっているなんて。見物である。

榎田はビールを飲み干し、スツールから腰を上げた。「そうなんだ。ボクも様子を見に行ってあげようかな」

「……冷やかしじゃないでしょうね？」

ジローに睨（にら）まれてしまった。

扉を叩く音が聞こえる。また誰か来たようだ。林はソファに横たわったまま、ただぼんやりとその音を聞き流していた。人に会うことが億劫で、さっさと帰ってくれと思った。
はじめは控えめな、遠慮がちなノックだった。無視していると、今度は少し強めに叩かれた。それでも林が無視し続けると、遂（つい）にはガチャ、と事務所のドアが開く音がした。
いったい誰なんだ。気怠（けだる）い気分でゆっくりと体を起こし、林は事務所の入り口に視線を向けた。

「あの、すみません……」

そこには、見知らぬ女が立っていた。

林と目が合うと、

「馬場探偵事務所って、ここですよね？」

と、彼女は恐る恐る尋ねた。どうやら客のようだ。なにか依頼があってここへ来たのだろうが、無駄足だ。

林は答えなかった。

「あ、あの……私、野上(のがみ)と申します」

女は名刺を取り出し、林に向かって差し出した。

受け取る気はなかった。以前なら「久々の仕事だ！」と飛びついただろうが、今は状況が変わってしまった。もうどうでもいい。仕事も客も。なにもかもがどうでもいいことだった。

行き場を失った名刺をローテーブルの上に置くと、

「実は、相談したいことがありまして――」

と、女は切り出した。

「……あー、悪いんだけどさ」相手の言葉を遮り、一蹴する。「やってないから、もう」

「えっ」

女は目を丸くした。

だから、と苛立ちながら告げる。

「廃業したんだよ、うち」

「は、廃業？」

「そう。もう探偵やってないの。だから帰ってくれ」

蠅を追い払うような手振りで告げると、女は「そうですか」と呟いた。がっくりと肩を落とし、部屋を出て行く。

やっと帰ってくれた。林は再びソファの上に横たわり、何事もなかったかのように目を閉じた。別に眠たいわけではないのだが、ただなにも視界に入れたくない気分だった。

再びドアが開いたのは、その数分後のことだった。

今度は客ではなく、知り合いだった。ノックも挨拶もなしに勝手に入ってきたキノコ頭は、開口一番「うわぁ」と顔をしかめた。

「ホントに酷い有様だねえ」

　ほっとけ、と心の中で呟く。

　榎田はゴミ屋敷のように散らかった事務所を見回すと、今度は「うわぁ！」と悲鳴をあげた。

「え、ねえ今、ゴキブリいなかった？　絶対いたよね？　黒いのが動いてた気がするんだけど」

「………………」

「ほら、そこ！　そこ！」

「……なにしに来たんだよ」

　ギャーギャーうるさい奴だな、と眉をひそめる。ソファの上で寝返りをうち、林は榎田に背を向けた。

　最近、入れ替わり立ち代わりに仲間が事務所にやってくるようになった。今日は重松が来たばかりだし、昨日はジローが来た。そして今度は榎田だ。彼らの目的はわかっている。

「……ほんと、暇な奴らだな」

　林はぼそりと呟いた。

　つい憎まれ口を叩いてしまう。みんな、自分のことを心配してくれているのだ。それは有難いことなのだが、今は放っておいてほしかった。

「悪いけど、帰ってくれ」

「用が済んだら帰るよ」

榎田の返事に、林はため息をついた。そうだ、こいつは素直に言うことを聞いてくれるような奴じゃなかった。

「まあ、キミも興味のある話だとは思うけど、気分じゃないなら聞き流してくれていい」

榎田がお構いなしに話を続ける。

「今日、嗣渋司の弁護士と会ってきた」

さすがに聞き流せない話題だった。

林は勢いよく体を起こした。「……どうだった？」

訊けば、

「わからない」

と、榎田は肩をすくめている。

「は？　わからない？」

「うん」

頷き、報告を続ける。その弁護士から聞いた話によると、

「嗣渋司は捜査に協力的な態度で、すべての事実を自供してるんだって。自分の本職が殺し屋だということも、マーダー・インクという会社が裏でやってたことも。包み隠さず、正直にね」

「そういえば、重松もそんなこと言ってたな」

「だけど、そのほとんどの犯罪には証言以外の証拠がないから、立証するのが難しいんだってさ」

ということらしい。

それもそうだろうな、と林は思った。優秀な殺し屋が不注意に証拠を残すはずがない。それに、今回の一件に関して言えば、その証拠を消してしまった原因は自分たちにある。

「殺人請負会社なんて、突拍子もない話だもんねえ。捜査関係者は皆、嗣渋の証言はすべて妄言だと思ってるみたいだよ。現に、嗣渋には精神科の通院歴があったらしいし」

「精神科？」

「妄想性の疾患を抱えてたって」

それがどうした、と林は思った。

「その嗣渋っていう男は、人殺しをエンタメにして金を稼ごうと考えてた、ヤバい奴なんだよな？　だったら、精神的にどこかブッ壊れてたって、おかしくない話じゃねえの？」

いや、と榎田は否定した。

「ボクは実際に彼と話をしたからわかる。嗣渋司の精神状態はまったくもって健全だよ。どこも病んでない。彼の話は理路整然としていたし、犯行時だって責任能力に問題はなかった」

「だったら、どうして精神科に？」

「おそらくその通院記録は、有事のときのために用意していた保険だったんじゃないかな」

万が一、自分が警察に逮捕され、罪を裁かれることになったときのために。心神喪失の証拠という切り札となるように。そこまで考えて事前に準備していたとしてもおかしくないと、榎田は分析しているようだ。

「……抜かりのない奴だな」

林は舌打ちした。

「じゃあ、要するにあいつは今、病気を装って無罪を勝ち取ろうとしてるってことか？」

「普通ならそんな風に考えるところなんだけど、そうとも言えないんだよねえ。嗣渋司は裏をかくのが上手い人間だから。なにか、別の狙いがあるような気がしちゃってさぁ」

榎田には引っ掛かることがあるようだ。

林は首を捻った。「別の狙い？」

「嗣渋はすべて自供している。過去の犯罪も、会社の悪事についても。たしかに証言したところで、信じてもらえるような内容じゃないし、証拠もない。……だけど、精神的に問題を抱えているという演出のためにしては、リスクが大きすぎると思わない？」

「要するに、お前はこう思ってんだな」榎田の意図をまとめる。「自分が殺し屋であることや殺人請負会社については、警察に隠しておくこともできた。むしろその方がいいはずだ。それなのに、嗣渋はわざわざ自供した。自ら進んでそこまで話を大きくするのはおかしい」

「そういうこと」

榎田は頷き、林の顔を指差した。

「あえて、嗣渋は洗いざらい自供してるんだ」

だが、その狙いがわからない。

考え込む榎田に、林は自分の考えを告げた。

「自慢したかったとか？」

「……自慢？」

「自分のこれまでの功績を知ってほしかったんだよ。それを話せる相手が、今は警察しかいないだけで」

「たしかに連続殺人犯の中には、自身の犯罪をまるで武勇伝のように語りたがる者もいるね。何人殺したとか、どうやって殺したとか、得意げにベラベラと自慢する連中が。……だけど、嗣渋はそういうタイプじゃない。そんな三流のやるようなことはしないよ。合理的な人間だから、この自供にも必ず目的があるはず」

「目的、か……」

いったいどんな狙いがあるというのだろうか。この男さえ「わからない」と言うほどの相手だ。林には想像もつかなかった。

「ただ、幸い、馬場さんを殺した罪には問えそうだってさ。まあ、それも精神鑑定の結果次第にはなるけど」

「それ、本当か？」

林は身を乗り出した。

「馬場さんの殺害の瞬間が監視カメラの映像に残っていたらしい。嗣渋の証言とも一致したって」

初耳だった。

刑事の重松はそんな話はしていなかったはずだ。重松自身も知らなかったのか。それとも、知っていてあえて隠していたのだろうか。林の心情を慮って。

そんな映像が存在するという事実自体が、林にとっては酷なものである。馬場の死を連想させる話をしたくなかったのかもしれない。仮に重松が監視カメラの件を伝えていれば、自分はその映像を見せてほしいと彼に頼んだだろう。この目で見なければ馬場の死を信じられない、と。相棒の死の瞬間を見せないために、秘密にしておいたのかもしれない。

監視カメラの映像。

嗣渋の証言。

それから、遺体のＤＮＡ。

ありとあらゆる証拠が、馬場がもうこの世にいないことを裏付けている。すべて証明されてしまっている。

改めて現実を突き付けられ、林は俯いた。

「……ねえ、大丈夫？」

榎田が声をかけてきた。「大丈夫じゃねえかも」と答えた自分の声は、情けなく震えていた。

「変なんだ、自分が」

林は呟くように告げた。

変だ、と繰り返す。

こんな状態は初めてだ。どうすればいいのか、わからない。

「体が、言うことを聞かないんだよ」

思うように動かない。動けない。どうにかしなければと思うのに、どうにもならない。苦しい。

「すげえ怠くて、手足が重くて、頭がぼーっとしてて。いろんなことがめんどくさくて、なにも考えられなくて。……たまに、なんかわかんねえけど、勝手に涙が流れてきたりして」

不思議だった。なにも考えず、ただぼんやりと横になっているだけなのに、ふと気付いたときには涙が頬を伝っている。悲しみや辛さといった感情を自覚するよりも先に、勝手に溢れ出してくる。

林は片手で両目を覆い、天井を仰いだ。

「……何でだろうな」

前々から、覚悟はしていた。死というものを。

馬場だけではない。自分のことだって。源造や他の仲間のことだって。いつ死んでもおかしくない仕事をしているのだから、常に危険と隣り合わせにいる立場なのだから、いつか唐突に命が奪われることがあるかもしれないと。ちゃんと覚悟していたつもりだった。

だけど、この有様だ。

思わず失笑が漏れてしまった。情けねえな、と自身の心の弱さに失望する。自分がこんなに脆い人間だとは思わなかった。

目の前の男を一瞥し、呟く。

「……お前は強いな、榎田」

こんなときでも、この男はいつも通りだ。なにがあってもブレない。いつも通りに働いて、心を乱すことなく、冷静に情報を分析して。自分にはできないことだ。強い奴だと思う。

ところが、

「違うよ」

榎田は否定した。

珍しく真面目な声色で言葉を返す。「別に強いわけじゃない。ただこうやって気を紛らわせているだけ」

林が黙り込んでいると、

「そんなに落ち込んでたら、馬場さんが悲しむよ」

と、榎田が明るい声色で告げた。月並みな慰めの言葉をかけた後で、にっと歯を見せて笑う。

「――っていう言葉、ボク、大っ嫌いなんだよねえ」

「……は？」

予想もしない一言に、思わず目を丸くする。「励ましてんじゃないのかよ」と林は相手を睨みつけた。

「だってさ、考えてみてよ。自分が死んだとき、友達とか家族がケロっとしてたら、嫌じゃない？　ボク抜きでなに楽しそうにしてんのって思わない？　ボクってその程度の存在だったんだ、って落ち込まない？　いっぱい悲しんでくれた方が嬉しくない？」

「なにを言ってんだ、お前は」

呆気に取られている林を無視し、榎田はさらに言葉を続ける。

「ボクは嬉しいよ。ボクが死んで、みんなが大泣きしてくれてたら。ボクを亡くした喪失感に浸って、半年くらいはお通夜みたいな雰囲気で落ち込んでいてほしいし、向こう数年は引きずっていてほしいって思うね。というか、一生悲しんでてほしい。そう思わない？」

「う、ん……いや、どうかな……」

頷きそうになってから、林は首を捻った。そんなことを訊かれても答えに困ってしまう。

「みんながワンワン泣いてる姿を天国から見ながら、『あー、ボクってこんなに愛されてたんだなぁ。そりゃそうだよなぁ。この世界は本当に惜しい人物を亡くしたよなぁ』っていう喜びを感じたいんだよ」

「……プレッシャー掛けんなよ、お前が死んだとき泣きづらくなるだろ」

「だからさ」

榎田は一笑した。

「相棒のために、いっぱい悲しんであげなよ」

そう言うと、彼は林に背を向けた。

「じゃ、また」

片手を上げ、出入り口に向かう。途中で「うわっ、ゴキブリ！」と叫び、小走りで部屋を出て行った。

「ったく、何なんだよ、あいつ……」

しんと静まり返った事務所で、肩をすくめて呟く。

ふと、馬場の遺影に視線を向けた。写真の中の男と目が合った瞬間、なぜだか急に涙が溢れてきた。悲しんでいいのだと、榎田に言われたせいだろうか。

お供え物のカップラーメンはすっかり伸びきっている。このまま捨てるわけにもいかなかった。腰を上げ、林は割り箸を手に取った。美味しいとは言えない中身を啜りながら、呟く。

「……食べ物は粗末にしない主義なんだよ、俺は」

荷物片手に乗り込んだ客たちが各々座席に腰を下ろす。アナウンスが響き渡り、新幹線が博多（はかた）駅を出発した。

「お前には、いろいろと世話になったな、猿」

隣の席に座る元同僚のグエンが口を開く。

「まさか、あの会社が潰れるとはなぁ」

マーダー・インクが壊滅し、グエンは長年勤めた会社を失った。その片棒を担いだのは自分なのだが。

猿渡（さるわたり）は鼻で嗤（わら）った。「清々した」

元からあの会社のことは心底嫌いだった。いっそなくなってしまえばいいと常々思っていたが、まさか本当になくなるとは。あの間抜け面も最後にいい仕事をしてくれたものだと思う。

「痛いほど思い知ったよ。会社勤めだからといって、生涯安定とは限らないってことを」

「まあ、命があるだけ儲けもんやろ」

「たしかにな」

グエンが苦笑した。あの状況からお互い生き残ることができたのだ。本当に幸運だった。

「お前のおかげだよ。ありがとな」

笑顔で礼を告げるグエンに、猿渡は尋ねた。「お前、これからどうするん？」

「とりあえず、東京に戻ってから考えるわ」

「そうか」

「お前は？　今の仕事、続けんのか？」

「まあ、そうやな。他にやれることもないけ」

猿渡は肩をすくめた。

今さら裏稼業以外の職に就けるとは思えない。きっとこのままフリーランスで殺し屋を続けることになるのだろう。

「会社勤めはやめた方がいいぞ。お前に組織の歯車は向いてない」

グエンが笑った。

そんなこと、言われなくともわかっている。「うっせえちゃ」と猿渡は小声で一蹴した。

次の停車駅は小倉だ。猿渡は座席から立ち上がった。「じゃあな」「またな」と言葉を交わし、元同僚に別れを告げる。もしかしたらもう二度と、この男と会うことはないのかもしれない。これが今生の別れになるかもしれない。なんとなくそんな気がしたが、余計な言葉は必要なかった。

新幹線が小倉駅に到着し、猿渡はホームに降り立った。久々に帰ってきた地元は、やはりどこかしっくりくる感じがした。

駅を出てから、猿渡は歩いた。行き先は決まっていた。

北九州市小倉北区——夜の店が並んでいるこの猥雑な通りに、ひっそりと店を構えているダーツバーがある。準備中の札が掛かった扉を開き、猿渡は中に足を踏み入れた。

営業時間外ということもあり、店内のネオンサインは消えていた。テーブル席にもダーツの機械の前にも当然客の姿はない。カウンターの中に店主の女が一人いるだけだった。

この女は暗殺業の仲介屋だ。前にも一度、会ったことがある。真っ赤なベリーショートの頭に、全身に刻まれた毒々しい刺青。以前とは少し見た目が変わっているようだが、相変わらず派手な容姿の女だった。

ここへ来た目的は、当然、仕事を斡旋してもらうためだ。

猿渡はこれまでそれなりに名前を売ってきた。今回は断られるはずがない。喜んで雇ってもらえるだろう。そんな自信を胸に、仕事を回してほしいと頼んだのだが、またもや彼女は「それは無理」と断った。

納得がいかない。

「はあ？　なんでなん」

猿渡は店主に詰め寄った。

「……あんたさぁ」

女店主は煙草を咥え、火をつけた。気怠げな口調で問いかける。

「あの会社で、大暴れしたんでしょ？」

「あ？　ああ」

会社で大暴れ――マーダー・インクの炎上事件のことだ。

彼女の言う通りだ。たしかに、自分はあの会社で大勢の社員と戦った。おまけに事業部のエースの男も捻り潰してやった。それが組織の壊滅に一役買ってしまったことは否めない。

「それがなんかちゃ」

「あんなデカい事件に関わってる奴を、雇うわけにはいかないんだよね。こっちの足が付いたら迷惑だし」

ふう、と白い煙を吐き出しながら、女が嗤う。

「だから無理」

「いやでも、あの会社を潰せるくらいの腕がある、っちことやん？」

言い訳がましく反論したが、相手の気は変わらなかった。

「さあ、早く帰んな。仕事の邪魔よ」

蠅を追い払うように手を振りながら、女店主が言う。前回と同じく、取り付く島もない態度だった。

猿渡はおとなしく店を出た。

その後も、小倉中を歩き回り、一通り仲介屋と接触してはみたのだが、結局どこにも雇ってもらえなかった。今回も全滅だ。猿渡があの事件に関わっていることを、皆が知っていた。悪評が広まるのは早いものだなと思う。

今回の職探しも困難を極めそうだ。

「……また無職かちゃ」

思わず呟きが漏れてしまった。

滞在する予定のホテルまでの道を歩きながら、ため息をつく。駅の近くを通りかかった、そのときだった。

「――そこのお兄さん、浮かない顔してますなぁ」

不意に、声をかけられた。

猿渡ははっと顔を上げ、勢いよく振り返った。

幻聴かと思ったが、違う。視線の先のベンチに、一人の若い男が足を組んで座っている。嫌というほど見覚えのある顔だ。シルバーフレームの眼鏡に、細身のビジネススーツ。この上なく胡散臭い雰囲気の男が、胡散臭い笑みを浮かべ、こちらに手を振っている。

久々に目の前に現れたその男に、猿渡は硬直するしかなかった。

わからなかった。どう反応したらいいのか。どんな言葉を返せばいいのか。悩んだ末、猿渡は相手に背を向けた。

再び歩きはじめた猿渡を、

「えっ、無視？　ちょっと待って」

と、新田は慌てて追いかけてきた。

「ひどくない？　久々に会った相棒に、それはないって」

相棒、という言葉が引っ掛かり、猿渡はぴたりと足を止める。

再度振り返ると、

「久しぶりだね、猿っち」

新田はにっこりと微笑んだ。

暢気な顔しやがって。心の中で悪態をつく。

「……なんか用かちゃ」

猿渡が睨みつけると、彼は「そんな怖い顔しないで」と苦笑した。

「実はさ、猿っちに会いたいっていう人がいるんだ」

――俺に？　会いたい？

いったい誰だろうか。思い当たる節はない。予想外の新田の言葉に、猿渡は眉をひそめた。

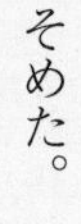

源造が眠る墓地へと赴き、ジローは墓の前に花を供えた。ミサキが隣で手を合わせ

ている。

しばらくして顔を上げ、

「……もう会えないんだね、源ちゃんに」

と、ミサキは呟くように言った。

「そうね」

「善ちゃんにも」

「……ええ、そうね」

二人の親しい友人を失った悲しみは、幼い少女の心にどれほどの傷を負わせただろうか。ミサキはただ淡々と、「悲しいね」と告げた。

「誰かが死ぬって、本当に辛いことよね」

当たり障りのないことしか言えなかった。自分もまだ受け止めきれていないのかもしれない。立ち直ろうとしつつも、やはり気持ちを整理できていないのだろう。

「……ジローちゃんは」ミサキがこちらを見上げた。「ジローちゃんは、絶対に、いなくならないでね」

涙を溜めたその瞳に、胸が苦しくなる。

その言葉に、答えてあげたかった。もちろんよ、と。滅多にない我が子の要求に応えてやりたかった。安心させてあげたかった。

だけど、断言することができない。いつまた命を狙われるかもわからない。そういう仕事をしているのだ。

彼女の気持ちに真正面から応えるには、道はひとつしかない。

「もちろんよ」

ジローは決心を固め、力強く頷いてみせた。

「絶対に、ミサキを一人にはしない」

全身の汚れをシャワーで洗い流しても、鬱々とした気分は体中にこびりついたままだった。手入れを怠った髪は櫛(くし)の通りが悪く、乾かすのも面倒だ。林は舌打ちをこぼした。
タオルで頭を拭く手を止め、脱衣所を出る。濡(ぬ)れたままの頭でソファに向かおうとした、そのときだった。
「うおっ」

思わず声をあげてしまった。

足が滑った。なにかを踏んだようで、その拍子にバランスを崩し、うっかり転んでしまった。

全身に衝撃が走る。散らかった床に思い切り腰やら尻やらを打ち付けてしまい、そのあまりの痛みに悶絶した。

「いってえ、くそ……」

薄汚い丸い塊が目の前をゆっくりと転がっていく。林が踏んだのは、野球のボールだった。

やり場のない怒りが込み上げてきて、林はそのボールを握り、指に思い切り力を込めた。そもそも部屋を散らかしていた自分が悪いのだが、一言文句を言ってやりたい気分だった。

「お前なぁ！　そんなとこに転がってんじゃねえよ！」

無機物に向かって怒鳴りつける。

イライラしながらボールを壁に向かって投げつけると、勢いそのままに跳ね返ってきて、今度は林の右肩に直撃した。「いてっ！」と声を荒らげる。余計に苛立ちが募った。

「……このクソボールめ」

捨ててやる。貴様は燃えるゴミ行きの刑だ。

俺をこんな目に遭わせたことを後悔しろと呪いながら、汚れた野球ボールをゴミ箱に向かって投げようとした、そのときだった。

不意に、記憶が蘇ってきた。

「そういえば――」

誰もいない部屋でひとり、呟く。そういえば、前にも似たようなことがあった気がする。

あれはたしか、この事務所の掃除をしていた日のことだったか。

林がゴミとして捨てたボールが、馬場の思い出の試合球だったのだ。それがきっかけで、馬場は『なんてことしてくれたとよ！』と激昂し、さらには喧嘩に発展してしまった。

あのときの言い争いが、頭の中に鮮明に蘇ってくる。

『はあ？　なんだよ、急に。なにキレてんだよ』

『勝手なことしてから！』

『おい、ちょっと待てよ。勝手なことってなんだよ。俺はわざわざ部屋の掃除をしてやったん――』

『勝手に人のモンば捨てて！　馬鹿やないと！』

『あんな汚ねえボール、別に捨てたっていいだろうが！』

『いいわけなかろうが！　あのボールは、――』

……ああ、そんなこともあったなぁ。

思い出し、つい笑いが漏れる。

あのときは腹が立って仕方がなかったが、今になって振り返ると笑えるものだ。それと同時に、もうあんな喧嘩もできないんだなという実感が、林の胸を強く締め付けた。

「そういや……最近、野球してないな」

いろいろあって、練習どころじゃなかった。最近は豚骨ナインで集まることもないし、バッセンにも行っていない。グラブはそろそろ埃をかぶっていることだろう。使う機会がない。以前はよく、公園でキャッチボールをしていたけれど、今はすっかり出番を失っている。

「……相手がいないと、できねえからなぁ」

林は呟き、捨てるつもりだったボールを握り直した。壁に向かって投げ、跳ね返ってきたところを素手でキャッチする。

なにも面白くない壁当てを繰り返しているうちに、過去の思い出が次から次へと頭に浮かんでくる。馬場との喧嘩の記憶が。

懐かしいな、と薄く笑う。

『いつまでも根に持ちやがって。しつこいんだよ』

『根に持っとらんし』

『嘘吐け』

『人のものを捨てても謝らんような人とは、話したくないだけ』

『根に持ってんじゃねえか！　だいたい、お前がちゃんと片付けねえのが悪いんだろ！』

『ほら！　そうやってすーぐ人のせいにする！　そういうところが好かんったい！』

……だんだん笑えなくなってきた。

林はむっと眉をひそめた。

よくよく考えてみれば、自分はなにも悪いことをしていないじゃないか。どう考えても相手に非があるのに、どうしてここまで言われなければならないんだ。今になって納得がいかなくなってきた。

「……やっぱ、ちょっと腹立つな」

思い出の中の馬場の言動に苛立ちを覚えながら、少し力を込めてボールを投げつける。

『人のせいもなにも、元はといえばお前のせいだろ！　大事なモンなら、捨てられるようなところに置いてんじゃねえよ！』

『ちゃんとなおしとったし！』

『どこがだよ！　机の上に放置してたじゃねえか！』

『あれは飾っとったとよ！』

『いい加減にしろ！　ぶっ飛ばすぞ！』

『やってみりいよ！　やれるもんならねえ！』


「……あ」

ふと、林は呟いた。

あのときの会話。なにかが引っ掛かる。

他愛ないやり取りだったはずだ。なのに、何てことのないそれらが、どこか深い意味を持つような気がしてならなかった。そんな直感が働いた。

もしかして、と息を呑む。

――自分は今、重要なことに気付いてしまったのかもしれない。

跳ね返ってきたボールが行き場をなくし、軽くバウンドしながら床の上を転がっていく。

もう一度、馬場との会話を思い返し、違和感の正体を紐解いていく。そうしているうちに、ひとつの仮説が頭に浮かんできた。思わず「あっ」と声をあげる。

「まさか、そういうことだったのか……？」

駅の近くにあるファミレスに入ると、窓側の席に案内された。注文を尋ねる店員に「あとで二人来るから」と答え、榎田はさっそくテーブルの上でノートパソコンを広げた。
マーダー・インク事件を捜査している刑事のPCに侵入し、捜査資料を一通り抜き取っておいた。様々な情報が集まっている。現場検証の報告書、遺体の身元と検視結果、関係者の証言、容疑者の供述調書。待ち人が来るまでの間、それらに目を通し、ひとつひとつ精査していく。
まずは現場となったマーダー・インク本社ビルについて。出火元は各階にあるが、最も燃え方が激しかったのは地下一階のようだ。特に資料室のパソコン付近が激しく燃えている。馬場の遺体もこのフロアで見つかったらしい。爆発に巻き込まれたせいで肉体が四散したのかもしれない。

捜査資料によると、監視カメラの映像にはなにも映っていなかったが、動画データがひとつだけ情報システム部の端末に残されていたようだ。弁護士の妙見が言及していたのも、この映像のことだろう。榎田は抜き出した情報の中から件(くだん)の映像ファイルを見つけ、再生した。

そこには、嗣渋司の姿が映っていた。

彼の足元には人が倒れている。嗣渋と同じ、全身黒い服の男。背格好もよく似ている。——馬場だ。

馬場はうつ伏せで、ぐったりとしていた。生きているのか死んでいるのか、画面越しには判別できなかった。

そして、嗣渋は手に日本刀を握っていた。

次の瞬間、それを片腕で振り上げると、馬場の背中に突き刺した。

何度も、何度も。繰り返し、滅多刺しにしていた。血が噴き出し、フロアを赤く染めている。

しばらくして満足したのか、嗣渋は攻撃を止めた。自身の得物を、片手で器用に鞘(さや)に納める。

その後、嗣渋は馬場の死体を引きずるように運び、画角の外へと消えていった。そこで映像は終わっている。

「これは——」

紛れもなく、嗣渋による馬場殺害の瞬間だ。

嗣渋の調書を確認する。事情聴取の際、嗣渋はこう供述している。——エレベーターを降りると、馬場がいた。一階のフロアで戦いになり、殺し、虫の息だった相手を日本刀で滅多刺しにした。その後、死体を処分しようと思い、地下一階に運んだ。

供述は映像の通りだった。妙見弁護士の情報に間違いはない。

馬場は死亡した。そして、馬場を殺したのは嗣渋である。その事実は、この映像によって裏付けられている。

だが、不可解だった。

どうして、この映像だけが端末の中に無事に残っていたのだろうか。他の監視カメラの映像はすべて消去され、どれも閲覧できない状態であるのに。なぜ、このデータだけが。

それに、どうして嗣渋は、馬場の死体だけを処分しようとしたのだろうか。

ビル内には他にも大勢の社員の死体が転がっていた。馬場の遺体を処分したところで、自身の馬場殺害の罪は隠せたとしても、会社の悪事をすべて隠蔽することは不可能である。

嗣渋は賢い男だ。彼自身だって、それが無駄な足掻きであることは承知しているはずだ。合理的な思考の持ち主である嗣渋が、瀕死（ひんし）の重傷を負っていながら、わざわざ馬場の遺体だけを処分するなんて。そんなことに時間と労力を割くくらいなら、さっさと国外逃亡でもした方がいい。

わからない。どうしても引っ掛かる。

榎田はもう一度、最初から映像を再生した。仲間の死を繰り返し見るのは嫌な気分だ。それでも、榎田は画面を凝視した。なにか手掛かりを見つけようと、食い入るように見つめ続ける。

スローで再生し、一時停止。そして巻き戻す。それを繰り返しながら、細かく確認する。

「あっ」

そのとき、榎田は気付いた。疑問の答えにたどり着いた。

嗣渋が握っていた日本刀に注目し、ようやく違和感の正体を見つけた。

「……そういうことか」

該当の瞬間に映像を一時停止し、にやりと笑う。

そこには、映るはずのないものが映り込んでいた。

間違いないと確信する。

この映像は、細工されたものだ。

すぐに林は事務所を飛び出した。タクシーを捉まえ、中央区へと向かう。佐伯美容整形クリニックはちょうど昼休みだった。入り口で騒いでいると、林の顔を知るスタッフが現れ、院長室に案内してくれた。

「どうしたんですか、林くん。そんなに慌てて」

応接用の椅子に向かい合って座り、佐伯が尋ねた。

「馬場のことで、先生に訊きたいことがあって」

馬場の名前を出すと、佐伯は少し気の毒そうな顔になった。

「訊きたいこと、ですか」

「ああ。嗣渋司の顔って、先生が整形したんだよな？」

榎田からそう聞いている。佐伯も「ええ、そうです」と認めた。

「あの日、馬場さんから突然連絡があったんです。頼みたい仕事がある、と言われまして」

時刻は診療時間外の深夜だったそうだ。当然、クリニック内に他のスタッフはいなかった。佐伯はひとりで病院を開けたという。

「そこに、馬場さんが来たんです。嗣渋という男性を連れて。『彼を整形して、俺そっくりの顔にしてほしい』と」

口止めされていたわけではないが、他の仲間には話していない。このことを知るのは榎田だけだという。

「施術したのは、目と唇と顎。それから、ホクロの除去も行いました」

佐伯はパソコンを操作し、嗣渋の術前と術後の写真を見せてくれた。

術前の嗣渋の顔を見るのは初めてだ。似ている部分もあるが、馬場とはまったくの別人だった。切れ長の一重で目つきが悪く、全体的にシャープな印象の顔立ちをしている。唇の下には、馬場にはないホクロもある。

一方、術後の写真は馬場そのものだった。顔だけではない、髪型も寄せている。二人が並んでいたら、たとえ仲間であっても見分けがつかないだろう。それほどの仕上がりだった。さすがは佐伯だと感心してしまう。

「その整形をしたのって、いつのこと？」

訊けば、

「源造さんが亡くなった日の、夜です」

と、佐伯は答えた。

「当日のか？」

「はい」

「じゃあ、その日から嗣渋は馬場の顔になってたってことだよな？」

「そうですね。ダウンタイムがほとんどない施術ばかりだったので」佐伯が首を傾げる。「それが、どうかしましたか？」

「いや、ちょっと確かめたかったんだ」

これで可能性がさらに高まった。一縷の望みが確信へと変わっていく。

林は心の中で呟いた。

――馬場は、生きている。

新田に半ば強引に連れられ、猿渡は小倉駅の近くにあるファミレスへと足を運ぶことになった。自分に会いたいという人物に心当たりは一切なかったが、席で待っていたのは意外な人物だった。

瘦身の男。白に近い金髪の頭。このマッシュルームヘアの派手な容姿には、見覚えがある。

猿渡は男の顔を指差した。

「お前、あいつの仲間の――」

たしか、名前はエノキダだったか。

草野球の練習試合で何度か顔を合わせたことがある。博多豚骨ラーメンズでセンターを守っている男で、一番バッターだ。何度かヒットを許した記憶もある。足がものすごく速い。盗塁警戒。たまにセーフティバントを試みてくる小賢しい打者――そんな印象だ。

この男と会話を交わしたことはなかったと記憶しているが、新田とはそれなりに交流があるらしい。情報屋と裏稼業コンサルタント。職業柄、情報のやり取りをすることもあるのだろう。

「急に呼び出してごめんね。ちょっとキミに訊きたいことがあってさ」

榎田は「まあ、座りなよ」と促した。

新田が向かい側に腰を下ろし、猿渡はその隣に座った。コーヒーを二つ、コーラを一つ注文する。

飲み物が運ばれてきてから、

「なんかちゃ、訊きたいことっち」

猿渡はストローを咥えたまま尋ねた。

とはいえ、なんとなく見当はついていた。

「馬場さんが死んだ理由を、知りたいんだ」

やはり、あの男のことか。

真剣な眼差しで見つめられ、猿渡は黙り込んだ。

あの間抜け面が死んだ理由。表向きには、副社長である嗣渋司に殺されたことになっている。遺体は爆発に巻き込まれて散り散りになり、原形を留めていない悲惨な状態だったらしい。

あのとき、いったい、あの会社の中でなにが起こっていたのか。どうして馬場が死ぬことになったのか。

その真実を求めて、この男ははるばる小倉まで来たようだ。

そして、その答えに繋がる手掛かりを、会社の中にいた猿渡が握っている。そう考えているのだろう。

「あの日――マーダー・インクが炎上した日、馬場さんと最後に会ったのは、キミじゃない？」

尋ねられ、猿渡は事件の日の記憶を振り返った。

「……俺が最後かどうかは、わからん」

あの男の死に様をこの目で見たわけではない。だが、途中まで行動を共にしていたことは事実だ。

「一緒にはおったけど、あいつがその後どうなったかは知らんけ」

「それでもいい。あの日、馬場さんになにがあったのか、教えてほしい」

榎田が身を乗り出した。

無言のまま、猿渡は再びストローを咥えた。

炭酸が喉を通り抜ける間、考える。言うべきだろうか。それとも、黙っておくべきなのだろうか。あの事件の日、自分と馬場との間で起こったことを。

あいつはもうこの世にいない。だったら隠しておく必要はないのかもしれない。悩んだ末に、猿渡は真相を打ち明けることにした。

ストローから口を離し、

「……あいつが死んだのは、俺のせいかもしれん」

と、呟くように切り出す。

「えっ」新田の眉間に皺が寄る。「どういうこと？」

榎田が「なにがあったの」と言葉を促す。

猿渡はひとつ息を吐き出し、口を開いた。

「あの日、俺はあいつに頼まれた。やってほしいことがある、っち」


あの事件の日。

今すぐに退避しろ、というけたたましい警報が社内に鳴り響く中、馬場は足を止めた。

『はよ逃げな、会社が火の海になるらしいぞ』

『その前に、あんたにやってほしいことがある』

彼のその言葉に、なにを暢気なことを言ってるんだ、と猿渡は眉をひそめた。

会社のフロアはどこも燃料塗れだ。爆発が起きれば即座に引火し、建物全体が炎に包まれてしまう。今すぐ逃げなければ。

そんな状況にも拘(かか)わらず、

『すぐ終わるけん、手伝ってよ。俺ひとりじゃできんっちゃん』

馬場は動こうとしなかった。頑(かたく)なだった。

いったいこの男は自分になにをやらせたいのだろうか。渋々、猿渡は馬場に向き直った。『俺に何をしろっち？』

すると、馬場はとんでもないことを言い出した。

『俺の腕を斬って』

最初は聞き間違いかと思った。

『はあ？』

猿渡は目を剝(む)いた。

『やけん、これで手を斬って』

馬場が言葉を繰り返した。腰のベルトから自身の日本刀を抜き、猿渡に向かって差し出す。

唖然(あぜん)としている猿渡に、無理やり得物を押し付けると、

『この辺りから、スパッてね』

馬場は手刀を作り、右手首に当ててみせた。

猿渡は絶句した。

意味がわからない。なにを言ってるんだ、こいつは。一切理解ができない。手を斬れっち？　大事な右手を？

『お前、アホなん？　そんなことしたら、お前、二度と――』

バットが握れなくなるじゃないか。

二度と、野球ができない体になってしまうじゃないか。

『わかっとる』

猿渡が言葉を紡ぐよりも先に、馬場は力強く言葉を返した。

覚悟を決めた目だった。

その瞬間、猿渡は悟ってしまった。こいつは本気なのだと。本気で自分の手を切り落とそうとしている。どれだけ説得しても、引き下がるつもりはないのだと。

こんなことを言い出すなんて、なにか考えがあってのことだろう。それはわかってはいるが、どうにも気が進まない。

『……それ、社長命令なん？』

確認すると、馬場は笑みを浮かべて頷いた。

『うん』

自分が本気で嫌がれば諦めてくれたはずだ。この男だって無理強いをするつもりはなかっただろう。

だが、その目を見たら、断れなかった。それが今、この男が本当に求めていることなのだと、相手の強い意思を感じ取ってしまったから。

思わずため息が漏れた。『……嫌な役目やらせやがって』

あの日、あのときの馬場とのやり取りを打ち明けると、新田と榎田は揃(そろ)って言葉を失っていた。

「……それで、キミは馬場さんの手首を切り落としたの？」

「ああ」

その光景を想像したのか、青ざめた顔で新田が呟いた。「よくできたね、そんなこと……」

「俺だって嫌やったし」

猿渡はむっとして言い返した。

あいつとは何度も命がけの戦いをしてきた。本気で殺そうとした。だが、殺し合いで斬るのと無抵抗な相手を斬るのとでは、訳が違う。

「まあ、そりゃそうだよね」

「嫌やったけど、はよしろっち言われて」

最初はためらった。やりたくなかった。だけど、時間もなかった。タイムリミットは刻一刻と迫っている。躊躇(ちゅうちょ)する暇も与えられなかった。『はよして』と馬場に急(せ)かされ、覚悟を決めるしかなかった。

刀が肉と骨を断つ感触。そして、歯を食いしばり、あまりの激痛に悲鳴を漏らすあの男の顔が、今でも脳裏に焼き付いている。

「あいつの腕を止血してから、俺たちは逃げようとした。……けど、あいつ、途中で戻ってった。『仕事が残っとる』っち」

仕事――考えられるとしたら、ひとつしかない。

「たぶん、嗣渋司とケリをつけようとしたんやろ」

「だろうね」

嗣渋司には一度負けたと、馬場から聞いていた。異母兄弟として、彼との間に深い因縁があることも知っている。あのまま尻尾を巻いて逃げるわけにはいかなかったのだろう。

　だが、馬場はあのとき、片手がない状態だった。それも、利き手が。

「……俺があいつを斬らんかったら、あいつは嗣渋に勝てとったかもしれん」

　馬場が嗣渋に殺害されたと報道で知ったとき、まず最初にそのことが猿渡の頭を過った。自分のあのときの行為が、馬場に重いハンデを背負わせてしまったんじゃないかと。

　本人にやれと言われてやったことだ。それでも、後味が悪かった。

　すると、

「いや、そうじゃない」

　と、榎田が首を振った。

「嗣渋も右手がなかった。条件としてはイーブンだよ」

　どういうことや、と眉をひそめる猿渡に、榎田が簡潔に説明する。馬場は指紋認証を解除するために嗣渋の右手首を切り落としたのだと。それは初めて耳にする情報だった。

「要するに、馬場さんが猿っちに手首の切断を頼んだ時点で、すでに嗣渋は片腕の状態だった？」

「そうなんだよ」

「なら、なに考えて、あいつはあんなことを……」

ますます理解に苦しむ。どうしてわざわざ、あえて不利になるような真似をしたのだろうか。

「もしかしたら」

と、新田が口を挟む。

「その嗣渋って男とフェアな戦いをするために、馬場さんはあえて自分の手首を猿っちに斬らせたってことかも。一対一の決闘なんだし、同じ条件にしたかったんじゃないかな」

「俺を海ん中に蹴り落とすような奴が、そこまでしてフェアな戦いにこだわると思うか？」

「あ、たしかに」

新田は苦笑した。

「ボクも、馬場さんはいい人だけど、そこまで酔狂な男じゃないと思う。なにか別の目的があったんだろうけど……」

言葉を途中でやめ、榎田は考え込んだ。

しばらくしてから、

「まさか――」

と、榎田は声をあげた。なにか思いついたようだ。

「ごめん、ちょっと行かなきゃいけないところができた」

弾かれたように椅子から腰を上げた。そして、一万円札をテーブルに置く。「貴重な情報ありがとう、お釣りはいらないから！」と言い残し、急いで店を飛び出していった。

何だったんだ、いったい。

その場に残され、猿渡は当惑した。

呼び出しておいて、途中で話を切り上げ、何の説明もなく帰りやがった。なんて勝手な奴だ。

「――ところで」

と、隣の男が先に口を開く。

「猿っちはどうするの、これから」

「さあ」

訊かれ、猿渡は投げやりに返した。

「なんも決めとらん」

会社は炎上し、壊滅した。再就職先もまだ見つかっていない。この先のことなんてどうなるかわからない。

テーブルの上の一万円札に手を伸ばし、

「とりあえず、うどんでも食べ行く？　このお金で」

と、新田は笑った。

ちょうど腹も減っている。付き合ってやってもいいか。猿渡は「そうやな」と頷いた。

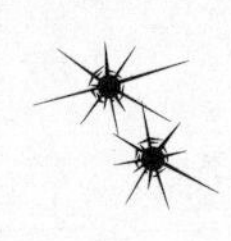

佐伯のクリニックを出た足で、林は次に博多へと向かった。通りで捉まえたタクシーに乗り込み、運転手に行き先を告げる。目的地は博多北警察署。
到着し、「大事な話があるから外で待ってる」と重松に連絡を入れたところ、彼はすぐに署から出てきてくれた。
近くにある公園に移動し、ベンチに横並びで座る。

「悪かったな、急に呼び出して」

林が告げると、重松は軽く首を振った。外に出られるくらい元気になってなによりだ、と微笑む。

「それで、どうしたんだ」自動販売機で買った二つの缶コーヒーのうち、片方を林に手渡してから、重松が尋ねた。「何だ、大事な話ってのは」

実は、と重い口調で切り出す。

「確認してほしいことがあるんだ」

これは、警察の力がないとできないことだ。重松の方に体を向け、林は頼みを告げた。

「今、捕まってる奴が、本当に嗣渋司なのか、調べてほしい」

重松がコーヒーを飲む手を止め、横目で林を見遣った。訝しげに尋ねる。「……どういうことだ？」

「もしかしたら、あのとき警察に逮捕されたのは、嗣渋じゃなくて馬場なのかもしれない」

重松は無言で眉をひそめた。

わかっている。突拍子もない話だ。馬鹿なことを言っていると思われても仕方がないだろう。

「聞いてくれ」林は懸命に説明を続けた。「佐伯先生に確認したんだけど、嗣渋が整形したのは、源造のジイさんが殺された日だった。そのときからずっと、あの二人は入れ替わっていた可能性が高い」

「おい、冗談だろ」

「本当だ。根拠もある」

馬場はいつも、『片付ける』ことを『なおす』と言っていた。それがここの方言だからだ。福岡の人間は皆そう言う。

だが、源造の葬儀の日、馬場はこう言っていた。

――数珠、どこに仕舞ったっけ。

それで林は確信した。あのときの馬場が『仕舞う』という標準語を使ったのは、中身が別人だったからなのではないかと。

「いや、ちょっと待て」

重松が反論する。

「だとしたら、お前は丸々一週間、別人と暮らしてたことになるんだぞ？　いくら相手が諜報のプロだとしても、お前が偽者に気付かないわけが……」

「ああ、そうだ。たしかに、いつもと様子が違うとは思ってた。家を空けることも多かったしな。……だけど、源造が死んだばかりだから、てっきりそのせいだと思ってたんだ」

自分だって、あのときの精神状態は普通ではなかった。大事な仲間を殺された直後で、心が乱れていた。だから、気付けなかった。些細な違和感を見逃し、受け入れてしまっていた。

「俺たちが葬儀場で会っていた男が、源さんを死に追いやった張本人だった、ってことか？」

「そういうことになるな」

「どうしてわざわざ、嗣渋司はそんなリスクを冒してまで、敵である俺たちと過ごしたんだ」

嗣渋は馬場になり替わり、自分が暗殺を命じた男の葬式に顔を出した。悪趣味な悪戯まで用意して。まるで自分たちを嘲笑い、揶揄っているような、許しがたい行為である。

だが、これらは単なる嫌がらせではない。榎田は、嗣渋という男は快楽で罪を犯す人物ではないと語っていた。だとしたら、この行動も合理的な目的があってのことだろう。

「馬場と嗣渋の間で、どんな取り決めがあったのかはわかんねえ。もしかしたら嗣渋は、俺たちの傍にいることで、俺たちを人質に取っていたのかも。馬場が自分を裏切らないように」

「いつでも仲間を殺せるぞって、脅してたわけか」

俺たちはずっと見張られていたんだな、と重松は身震いした。

嗣渋は一週間もの間、馬場探偵事務所で過ごした。だとしたら、シャワールームやベッドに残されていた髪の毛も、すべて嗣渋のものということになる。

つまり、DNAが一致した件の遺体は嗣渋のものであって、馬場ではない。

「馬場は、まだ生きている」

導き出した結論を告げると、重松は大きなため息をついた。話についていけない、信じられない、といった表情だ。

少しずつ噛み砕いて理解を深めたところで、新たな疑問を口にする。「仮にその話が事実だとしても、馬場は何でまだ嗣渋のふりを続けてんだ？　どうしてわざと捕まるような真似を――」

「それはたぶん、マーダー・インクの悪事を証言するためだ」

会社の証拠はすべて燃えてしまった。誰か当事者が警察に証言しなければ、あの組織の悪事を公にはできない。内部告発者という役目を、馬場自身が務めようとしているのだ。嗣渋司として。林はそう考えていた。

とはいえ所詮、すべて自分の想像に過ぎない。本人を直接問い詰めるしか、その答えは得られないだろう。

「だから、会って確かめたいんだよ。嗣渋と面会させてもらえないか？」

すると、

「無理だ」

と、重松は断言した。

「俺は捜査の担当じゃないし、そんな権限もない。わかるだろ？」

わかっている。だけど、このまま見過ごすわけにはいかない。

「もし捕まってるのが馬場だとしたら、やってもいない罪で裁かれることになるんだぞ！」

林は声を張りあげた。

懲役刑なら刑務所に送られ、死刑なら拘置所で一生を過ごすことになる。刑務所行きならまだマシだ。時間はかかるだろうが、いつかは必ず娑婆（しゃば）に出てこられるのだから。

けれど、

「もし、万が一、死刑にでもなっちまったら——」

馬場が絞首台に上がる姿が頭を過り、林は首を振った。それだけは何としても阻止しなければ。どんな手を使ってでも。

「あいつを脱獄させよう」

それしか道はない。

林の言葉に、重松は難色を示した。

「できるわけない」

「お前のコネで何とかなんねえか？」

「俺はただのヒラ刑事だぞ」重松は首を振った。「それに、そもそも管轄が違うからな。刑務所とか拘置所ってのは、どっちも矯正局の縄張りだ。警察が口を出せるもんでもない」

「じゃあ、誰なら口出せんだよ」

「法務省の官僚とか、そういったお偉いさんが手を貸してくれるんだったら、まだ望みはあるだろうが」

と、重松は肩をすくめた。

「そいつらの中で、いちばん偉い奴は誰だ？」

「法務省のトップは、大臣だ」

「だったら俺が、その大臣って奴を拉致してくるよ。そいつを脅して、命令すればいいだろ。『今すぐ馬場を解放しろ』『でなければ、お前の大事な家族に手を出すぞ』って」

もちろん、そう簡単に接触できるような相手ではないことは、林だってわかっていた。閣僚ともなれば護衛も付いているだろう。ただ、馬場のためならば、それくらいの覚悟はある。

林の粗削りな犯行計画に、「そんな無謀なことはやめておけ」と重松は苦い顔になった。

できるかどうかなんて関係ない。やるしかないのだ。どんなに難易度の高い任務だろうと。相棒の命を救うために、絶対に脱獄させてみせる。

「だいたいお前、政治にまったく興味ないだろ」

という重松の言葉に、林は即答した。「ねえよ。そもそも、国籍も選挙権も持ってねえし」

「今の法務大臣が誰なのかすら、知らんだろ」

「知らねえな」

たしかに自分は標的のことをあまりにも知らなすぎる。相手が誰なのか、どこにいるのかもわからない。まずは情報収集をしなければ。

林は尋ねた。

「誰なんだ、その大臣って」

「今の法務大臣はな」重松が答えた。「松田和夫だ」

都内某所。
高級住宅街の一角に、三階建ての古い洋館が佇んでいる。見るからに金持ちの家という嫌味な外観をした建物を見上げ、榎田はため息をついた。
何年ぶりだろうか、この家の敷居を跨ぐのは。
まさか、またここに帰ってくることになるとは思わなかった。新幹線に飛び乗り、北九州から東京に移動する間、榎田はずっと憂鬱な気分だった。今すぐここから逃げ出してしまいたいところだが、今日ばかりは長年続く父親との確執と向き合わなければならない。

すべては仲間のためだ。

インターフォンを押すと、初老の男が出迎えた。今日も仕立ての良い服を身にまとっている。父の側近である八木だ。

「お帰りなさいませ、坊ちゃん」

何事にも動じない冷静沈着な使用人は、榎田の突然の帰省にも驚く素振りはなかった。理由も訊かず、ただ黙って荷物を受け取る。

「あの人はどこ？」

玄関に足を踏み入れ、榎田は尋ねた。

「書斎にいらっしゃいます」

八木の後に続き、榎田は長い廊下を進んだ。一階の南側にある部屋が父の書斎である。

扉をノックしてから、

「旦那様、千尋坊ちゃんがお戻りになりました」

と、八木が告げた。

入れ、という一言だけが返ってきた。

「失礼いたします」

八木が中に入る。榎田もそれに続いた。

父――松田和夫は仕事中だった。デスクの上の書類と睨み合っている。

「ご無沙汰しております」

と、榎田は頭を下げた。

久々に対面する父親の姿。こうして会うのは十五のとき以来か。だが、懐かしいという気分はない。嫌というほど顔は見ている。テレビ越しに。

和夫は書類から顔を上げ、こちらを一瞥した。小言や嫌味の一言でも言われるかと思ったが、

「どうした、千尋」

と尋ねるだけだった。

散々悪さを仕出かし、勘当された息子にかける言葉にしては、驚くほど穏やかな声色だ。

「私に頼みがあるんだろう？　お前がこの家に帰ってくるほどの頼みが。言ってみなさい」

こちらの考えはお見通しというわけか。話が早い。

榎田はさっそく本題に入った。

「友人が捕まりました。最悪、死刑になる可能性もあります」

包み隠さずに説明する。馬場善治の生い立ち。父を喪った事件。嗣渋司の計画。マーダー・インクで起こった騒動。そして、今現在、馬場が嗣渋として拘置されていることも。

すべてを打ち明け、

「どうか、便宜を図っていただけないでしょうか」

榎田は深く頭を下げた。

どうにか手を回して馬場を自由にすることはできないだろうか。端的に言えば脱獄の頼みである。この男には――この男だけは、それが可能なはずだ。それだけの権力をもっている。表からは無理でも、裏のルートを使えば、あるいは――。

すると、和夫は薄く笑った。

「あのお前が、他人のために頭を下げるとはな」

万が一、死刑判決を避けられなかったとしても、この男が書類にサインさえしなければ馬場は生きていられる。いずれにせよ、馬場の命はすべてこの男に懸かっているのだ。

暫し間を置いてから、

「……わかった」

と、和夫は低い声で答えた。

榎田は顔を上げ、彼を見た。土下座のひとつでもする覚悟で乗り込んだが、案外あっさりとお許しが出たため、面食らってしまった。

「できるだけのことはしてやる。……だが、私の権力が通用するのは、あと十年もないだろう。その間に、お前が力をつけろ」

和夫は厳格な口調で告げた。

「言っていることの意味は、わかるな？」

元よりそのつもりだ。こちらの頼みだけを聞いてもらおうという、都合のいいことは考えていない。この家に出向いたときから、すでに心は決まっていた。

「はい。もちろんです」

榎田は頷いた。

「その覚悟があるというなら、手を貸そう」

「ありがとうございます」

もう一度頭を下げると、父は背後にいる使用人に声をかけた。「そういうわけだ、八木。いつもの手筈で頼む」

「畏まりました」

用が済み、榎田と八木は揃って書斎を出た。

廊下を歩き、リビングへと向かう。高級な家具や調度品が並ぶ部屋に足を踏み入れると、大きなソファに腰を下ろし、榎田は安堵の息を吐いた。久々の親子の対面に、さすがに自分も緊張していたようだ。

「本日はうちにお泊まりになりますか？」淹れ立ての紅茶を目の前のローテーブルに置き、八木が尋ねた。

「いや、ホテル取ってるから」

「左様でございますか。では、後ほどホテルまでお送りいたしましょう」

紅茶に口をつけようとした、そのときだった。電話がかかってきた。端末を取り出し、画面を確認する。

林からだった。

「もしもし、どしたの」

通話に切り替えると、

『聞いてくれ！　馬場はまだ生きてるかもしれない！』

叫び声に近い声量が返ってきた。鼓膜が痛み、思わず眉をひそめる。端末を耳から少し離したところで、「わかってる」と榎田は答えた。

「嗣渋のふりをして捕まってるんでしょ？」

どうやら彼も真相にたどり着いたようだ。

『どうにかしてくれ！』林が懇願した。『馬場を脱獄させるよう、お前の親父に頼んでくれよ！』

「もうやってる」

短く答え、榎田は電話を切った。

馬場の刑期がどうなるかは裁判次第だが、その後の運命がどうなるかは権力者である父親次第だ。それ以降の馬場の処遇は、自分の今後の働きに懸かっている。跡継ぎとしての、政界での働きに。

「本当によろしいのですか？」

八木が尋ねた。なにがと訊かずともわかる。

「……ま、しょうがないよ。さすがに塀の中の問題は、ボクたちには手が出せないんだし。権力者を頼るしかない」

その交換条件として、自分の将来が犠牲になったとしても。やるべきことだと榎田は思っている。

「でもさ、ボクが政治家として表舞台に出てしまえば、父さんの傭兵チームでは働けなくなるね。優秀なハッカーを探してたんでしょ？」

以前、八木にスカウトされたことを思い出す。人手不足だったようだが、その問題はどうやら解決に向かっているらしい。

「ご心配には及びません。それならすでに目星をつけてあります。今は交渉の段階に入っているところです」

「誰？」

「坊ちゃんもご存じかと。元マーダー・インク、情報システム部の」

「……鯰田か」

たしかに優秀な人材だ。もう目を付けていたのか。身内ながら、抜け目のない連中だなと感心してしまう。

「——それにしても、自らの体を斬るなんて」八木が話題を変えた。「馬場さんもなかなか思い切ったことをなさいますね」

「そうするしかなかったんだよ。ボクたちを騙すために」

あのとき自分たちは、嗣渋の右手を使って指紋認証を解除した。榎田と林の二人は嗣渋に片手がないことを知っていた。あのまま馬場が嗣渋になり替わって警察に捕まったとしても、両腕ともに無事であれば、すぐに正体に気付かれてしまう。だから斬ったのだ。猿渡に頼んで。

「ですが、どうして馬場さんは犯人のふりをなさっているんでしょう?」

と、八木は小首を傾げた。

「なぜ、ご自身の腕を犠牲にしてまで、弟の身代わりに?」

その理由を、榎田はずっと考えていた。だが、なかなかこれといった答えにたどり着けていない。

「考えられる可能性はいくつかあるんだけど、一番の目的は、生き証人になるためかなぁ」

と、榎田は答えた。

「なるほど。ご自身が自供することで、マーダー・インクの罪を暴こうとしたというわけですね」

「そう」

「ですが、警察の取り調べも済んで、馬場さんはもうその目的を果たしたのでしょう？」

「そういうことになるね」

八木が質問を続ける。「でしたら、次に彼が取る行動は、最悪の選択になると考えられるのでは？」

意味深な言葉だった。

榎田は眉根を寄せた。「……どういう意味？」

「坊ちゃんなら、どうします？」目を細め、八木が尋ねる。「役目を終えた後、このまま不自由な世界で生きていく気になれますか？」

電話の着信音で目が覚めた。林はソファから飛び起きた。

榎田に電話してから数日が経った。あれから何の音沙汰もなかったが、ようやく事が動いたのかもしれない。

期待を胸に抱きながら画面を確認したが、発信元は榎田ではなく重松だった。

「……重松か、どうした？」

内心がっかりしながら電話に出る。

取り乱したような声色の重松に『ニュース見たか？』と問われ、林は答えるよりも先にテレビの電源をつけた。

「ニュースって、なにが――」

『いいから見ろ』

チャンネルを変え、報道番組を映す。視界に飛び込んできた文字に、林は思わず目を剝いた。

『嗣渋司容疑者が入院中の病院で死亡』

自殺という単語が聞こえてきた。アナウンサーが原稿を読み上げているが、一切頭に入ってこなかった。

言葉を失い、ただただ茫然としていると、

『首を吊って死んでるのを、監視の警官が見つけたらしい』

シーツを使って、それをベッドのパイプに括り付けて。

重松がさらに言葉を告げる。『お前が言ってたことが本当だとしたら、自殺したのは――』

嗣渋ではなく、馬場だということだ。

「そんな、まさか──」

携帯端末が掌から滑り落ち、床の上に音を立てて転がる。

「嘘、だ」

芽生えたばかりの希望が、潰えていく。

馬場は生きている。生きているはずだった。

それなのに、どういうことだ、これは。

半ば頽れるように、林はソファに座り込んだ。

項垂れ、頭を抱える。

「なんで──」

本当に死んだのか？ 馬場が？ どうして。

自殺なのか？ 誰かに始末されたのか？

なにもわからない。信じられない。

居ても立っても居られず、林は落ちていた端末を拾った。重松との通話はとっくに切れている。

縋るような思いで、榎田に電話をかけた。

『かけてくると思った』

開口一番、相手はそう言った。

「本当なのか、自殺したって」

嘘だと言ってほしかった。なにかの手違いだと。誤報だと。

だが、榎田はため息交じりに肯定した。『ボクも父親に確認したけど、間違いないみたい』

理解が追い付かない。

「そんな――」

『……残念だよ、本当に』

体の力が抜けていく。

「なんで、だよ……」

どうして、自殺なんか。

生きてさえいてくれたら、それでよかったのに。

刑務所の中にいようと、馬場という名前じゃなかろうと、構わなかった。

ただ、生きていてくれるだけで。

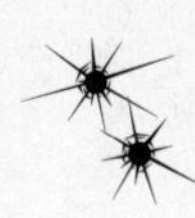

電話越しに林の慟哭が聞こえる。

榎田はなにも言わず電話を切った。ホテルの部屋でひとりため息をつき、ベッドの上に倒れ込む。

そのとき、また電話がかかってきた。端末が震えている。確認すると、画面には重松の名前が表示されていた。

電話に出たところ、

『林から連絡はあったか？』

と、重松は疲れた声で尋ねた。

「うん。たった今、ね」

『どうだった、様子は』

「ヤバそう」

ため息が聞こえてきた。『……だよな』

二度も相棒の訃報を聞かされたようなものだ。今回は望みがあった分、ショックも大きいだろう。

『そもそも、本当なのか？　馬場と嗣渋が入れ替わっていたってのは』

重松が尋ねた。

『俺は未だに信じられんのだが……』

「それは間違いないよ。あの二人は入れ替わっていた。最初からそういう計画だったみたい」

榎田が断言すると、重松は『お前がそう言うなら間違いないか』と弱々しい声色で告げた。

『捜査を担当してる奴から聞いたんだが、嗣渋が馬場を殺害したときの映像が残っていたらしいじゃないか』

「うん。それ、ボクも見た」

『その映像が間違ってたっていうのか？』

「あれもディープフェイクだよ」

『……ディープフェイク？』

「元の映像に手が加えられてた」

榎田は説明した。

「あの日、馬場さんも嗣渋も日本刀を使ってたけど、二人の得物は柄と鞘の色が違うんだ。馬場さんのは黒で、嗣渋のは白」

瓜二つの男二人が日本刀で戦い、白い日本刀を持つ男が、黒い日本刀を持つ男を殺した。その一部始終が映像には残っていた。嗣渋の供述通りだった。

「だからボクも警察も、殺されたのは馬場さんで、殺したのは嗣渋だと思い込んでいた」

ところが、映像を何度も何度も確認しているうちに、榎田は気付いた。ひとつの違和感、矛盾点に。

「一瞬だけ、会社の窓ガラスに嗣渋の日本刀が映り込むんだけど、柄の色が違ったんだよ。白じゃなくて、黒なんだ」

『刀の色を変えることで馬場が死んだように偽装していたが、映り込みまでは手が回らなかった、ってことか』

「そういうことだね」

榎田は頷いた。

『いったい誰が、こんな映像を用意したんだ？』

「馬場さん本人じゃないかな」

榎田の言葉に、重松は『嘘だろ』と驚いている。

「これはボクの想像だけど、馬場さんが敵側のハッカーを脅して、この映像を作らせたんだと思う。自分が嗣渋として捕まるために」

おそらく、鯰田辺りと取引したのだろう。

いずれにせよ、同じことだ。この映像が本物だろうとフェイクだろうと、結論は変わらない。

「どっちにしろ、馬場さんはもうこの世にいない」

『……そうだな』と、重松が弱々しく頷く。『自殺しちまったからな』

「ボクたちにできることは、もうなにもない」

深いため息が聞こえてきた。

『どうしてあいつは、こんな方法を選んだんだろうな』

重松が呟くように言った。納得ができていない声色で。

『マーダー・インクの悪事を暴きたかったんなら、他にやり方なんていくらでもあったんじゃないか』

「他のやり方で、あの会社を潰せると思う？　たとえネットに暴露情報をバラ撒いたって、都市伝説レベルの扱いで終わるでしょ」

『……たしかに、それはそうだが』

「だから馬場さんは、嗣渋を殺して、嗣渋になりすまして捕まった。これでもうあの会社に跡継ぎはいない。最後に嗣渋司として命を絶つことで、馬場さんの復讐は完成したんだ」

嗣渋昇征(しょうせい)も嗣渋司も死んだ。彼らの会社も壊滅した。義父の仇を討つという馬場の望みは、見方によっては十分すぎるほど達成されたといえる。

「これはすべて、本人が望んだこと。その事実を受け入れて、ボクたちも前に進まないとね」

『ああ……そうだな』

頷き、重松が話を変えた。

『ところで、お前、今どこにいるんだ？』

「東京」榎田は答えた。「明日の便でそっちに戻るよ」

わけもなく夜の街を歩いていた。今はただ、どうしてもあの事務所にいたくなかっ

た。あの男の思い出が随所に染み付いた空間にいると、否が応でも現実と向き合わざるを得ないからだ。

気付けば中洲にたどり着いていた。目の前には那珂川が見える。屋台が並ぶ道を歩いていくと、赤い暖簾が目に留まった。

屋台【源ちゃん】——馴染みのある文字。

そんなはずは、と思った。

源造は死んだ。殺された。店はもう残っていないはず。

見間違いかと思った。だが、たしかに存在している。源造の屋台が。あの赤い暖簾と『源ちゃん』の文字が。

いったい、どうして。

吸い寄せられるように、林は屋台へと近付いた。

「いらっしゃい!」

客を元気よく出迎える声が聞こえた。

そこには当然、源造の姿はない。

代わりにいたのは、斉藤だった。

「斉藤、お前……なにやってんだ?」

驚き、目を丸くしている林に、斉藤は声を弾ませる。「あっ、林さん！　座って座って！」

コの字型のカウンターはすでに満席状態だった。見知った顔ばかりが並んでいる。右端から順に、マルティネス、大和（やまと）、重松、佐伯。ビールを飲みながら歓談しているところだった。

斉藤に促され、林は左端の席についた。

わけがわからず啞然としていると、

「斉藤がな、源さんの店を継ぐんだってよ」

マルティネスが説明した。

「だから、みんなで開店祝いにきたんです」

と、佐伯が付け加える。

知らなかった。斉藤が源造の店を手伝っていたことは聞いていたが、あれはギックリ腰になったときの助っ人（すけと）という話だったはずだ。

まさか、この店を継いでいたなんて。

「……お前、ラーメン作れんの？」

尋ねると、斉藤は照れくさそうに笑った。「手伝いとはいえ、ずっと源造さんの近くで見てたんで」

それなりに自信がある表情だった。

そうこうしているうちに、食事の準備ができたようだ。人数分の器がカウンターに並ぶ。

出来立ての豚骨ラーメンを前にして、

「いただきます」

手を合わせ、全員で同時に麺を啜った。

次の瞬間、

「げっ」

「うっ」

「おえっ」

「まずっ」

全員が同時に顔をしかめていた。

林も「不味い」と呟いた。貧乏育ちで、舌は肥えてはいないはずだが、そんな自分でも箸が止まってしまうレベルだった。

そもそも、源造が作るラーメンだって絶品だったわけではないが。それにしてもこれは酷い。「なんだこの味」と眉間に皺を寄せる。

「スープが薄いな」

「あと、麺。やわらかすぎねえ？」

「チャーシューもちょっと硬すぎる気が」

客からの駄目出しが止まらない。

斉藤はがっくりと肩を落としている。「練習してるんですけど、なかなか思うようにいかなくて」

「お前、よくこれで店継ごうと思ったな」

林の辛辣な発言に、斉藤は苦笑を浮かべた。「はは、ですよね……」

でも、と言葉を続ける。

「源造さんの残したものを、守りたかったので」

その一言に、全員が箸を止めた。

「この店までなくなっちゃうと、寂しいじゃないですか」

たとえ味が変わったとしても、この店さえあれば。

こうして皆が集まれる。故人のことをずっと覚えていられる。

「だから、残していたいんです。この場所を」

林は麺を啜った。ただ無言で、一気に。口いっぱいに頬張り、無心になって器の中身を平らげた。

スープも一滴残らず、すべて飲み干してから、口を開く。

「……いいな、その考え」

「え？」

「いいと思うぜ、頑張れよ」

励ましの言葉をかけると、「精進します」と斉藤は笑った。

不味いラーメンで腹を満たすと、林は博多に戻った。自宅のある雑居ビルを見上げる。窓に大きく書かれた馬場探偵事務所の文字を眺めていると、先刻の斉藤の言葉が頭を過った。

『だから、残していたいんです。この場所を』

守りたい、と思った。彼のように、自分も。

あの男が残した、この場所を。

馬場がこの世からいなくなっても、この事務所の名前だけはなくしてはならない。

守っていかなければならない。

それが、今の自分にできる、唯一のことだから。

階段を上がり、事務所のドアを開ける。酷い光景が飛び込んできた。まるでゴミ屋敷だ。

とりあえず、この惨状をどうにかしなければ。

「よし、まずは片付けだな」

呟き、気合いを入れる。さっそく福岡市指定のゴミ袋を広げた。

「……うわ、きったねえなぁ」

カップ麺やコンビニ弁当の容器を袋に投げ入れていく。洗濯物をかき集めて洗濯機に突っ込み、シンクの中の洗い物を片した。黒い生き物が視界の端を横切ったような気がしたが、見なかったことにした。

「さて、次は……」

テーブルに視線を向ける。物で溢れ返っている。片付けていたところ、ふと一枚の名刺が目に留まった。野上春乃(はるの)という名前が書いてある。

「……誰だっけ、こいつ」

首を傾げてから、そういえば、と林は思い出した。こないだ女の客を追い払ったんだった。これはその客が置いていったものだろう。あのときは、仕事ができるような精神状態じゃなかったため、つい酷い対応をしてしまった。今更ながら、悪いことをしたなと反省する。

名刺の番号に、林は電話をかけてみた。

『……もしもし？』

しばらくして、女が出た。

「あー、俺、馬場探偵事務所のモンだけどさ」

名乗ると、女は『あっ』と声をあげた。

「やっぱり引き受けるよ、あんたの依頼」

『え？　廃業したんじゃ……？』

戸惑う彼女に、

「営業再開したから」

林はぶっきらぼうに告げた。

「もし、まだ依頼する気があるなら、事務所に来てくれ。いつでもいいから」

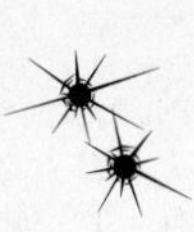

夜が明け、客足も途絶えたところで、ジローは店の扉に『close』の札を掛けた。今夜の営業はこれで終了だ。

ところが、後片付けを始めた途端、不意に扉が開いた。

入り口に視線を向けると、そこには林が立っていた。

長いこと塞ぎ込んでいた男が突然店に現れたので、ジローは心底驚いた。それと同時に、外へ出られるくらいまで彼の心が回復したことに喜びを覚え、いつも通りの態度で出迎えた。

「あら、いらっしゃい、林ちゃん。どうしたの？　なにか飲む？」

林は首を左右に振った。

そして、予想外の言葉が返ってきた。

「髪を切ってほしい」

短く、バッサリと。

そう付け加えた相手に、ジローは目を丸くする。「えっ？　どうしちゃったの、急に」

「こんな見た目じゃ、クライアントに会えないからな」

「クライアント？」

「探偵事務所の」

どうやら仕事を再開する気になったらしい。いい兆候だと思う。

そういうことなら、喜んで、とジローは頷いた。閉店後の作業を中断し、さっそく散髪の準備に取り掛かる。

「はい、座って」

スツールに林を座らせ、首にクロスを巻く。彼の髪は酷く傷んでいた。所々絡まっているし、パサパサでまとまりがない。ここ最近の彼の生活の荒れ具合が如実に表れている。

「じゃあ、遠慮なく切っちゃうわよ」

「おう。一思いにやってくれ」

「髪なんて、すぐに伸びるものね」

ジローの言葉に、林は薄く笑って頷いた。

ハサミを入れ、色素の薄い長髪をばっさりと切り落とす。

そういえば、前にもこんなことがあったな。ジローはふと思い出した。あれは去年の夏のことだったか。

相手も同じことを考えていたようで、林が「前に切ってもらったのは、夏だったよな」と呟くように言った。

「みんなで行った花火大会、楽しかったわねえ」

しみじみと言うと、

「ああ、そうだな」林は小さく頷き、豚骨ナインの集合写真を指差した。「あのときの写真も、そこに飾れば？」

彼がそんなことを言うとは思わなかった。

「……ふふ、そうね。それがいいわね」

いっそのこと、この店の壁をチームメイトの写真で埋め尽くしてしまおうか。そんな考えが頭を過る。

「この辺の髪はどうする？　耳が出るくらいにする？」

「任せる」

「了解」

サイドの髪を切りながら、ジローは林の顔を覗き込んだ。

「探偵事務所の仕事、続けることにしたの？」

「ああ」

「それってやっぱり、馬場ちゃんのため？」

一拍置いてから、林は口を開いた。

「……斉藤がさ、言ってたんだ」

「斉藤ちゃん？」

意外な名前が出てきた。

「源造が残したものを守りたい、この店までなくなったら寂しいってさ。だからあいつ、あんなに頑張ってんだよな」

斉藤は源造の店を継ごうとしている。ナインに駄目出しを食らいながらも、それでも美味しいラーメンを作ろうと努力している。そのひたむきな姿が、どうやら林の心を打ったようだ。

「だからアナタも、馬場ちゃんの残したものを守ろうと思った？」

「うん」

頷いてから、林は言葉を付け加えた。

「……でもまあ、単純に好きだったんだよ、探偵の仕事が」

遠くを——壁の写真を見つめながら、林は薄く微笑む。

「昔からずっと、人殺ししかやってこなかったから。金を稼ぐ方法なんてそれしか知らなかった。……だから、初めてだったんだ。それ以外の仕事をやるのが。人の悩みを聞いて、そいつのために働いて、人を殺さずに金をもらって。なんかわかんねえけど、結構楽しかった」

「そうね。よくわかるわ」

自分もそうだ。他人の喜ぶ顔を見るのが好きだった。復讐を果たし、前に一歩進めるようになる瞬間が。そのために働いてきた。それでも、どこか裏の仕事で稼ぐことには引け目を感じていた。いくら理由があったとしても、所詮はやってはいけないことだから。

いつかはこの仕事を辞めなければという思いが、常にジローの心の中にあった。今が潮時だ。

「……アタシね」

ハサミを動かしながら、ジローは切り出した。

「実は、辞めようと思ってるの。復讐屋の仕事」

唐突に自身の心境を打ち明けたところ、林は目を丸めて振り返った。「おい、マジかよ」

「ええ」

ジローの顔を見つめ、林が「ミサキのためか？」と眉根を寄せる。

「今回の件でさすがに懲りたわ」

「……そうか」

そうだよな、と林が呟く。

「こういう仕事をしている限り、常に危険が付きまとう。あいつがまた誘拐される可能性だってあるもんな」

「そうね」ジローは頷いた。「それに、あの子に言われたの。ジローちゃんはいなくならないで、って。……それを言われたら、ねえ？」

林は前に向き直ると、

「賢明な判断だと思うぜ」

と、迷いのない口調で答えた。

なんとなく、ほっとした。背中を押してもらえたような気がして。自分の選択は間違っていないのだと。

髪の毛を切り終えたところで、

「――はい、出来上がり」

　と、ジローは林の両肩を叩いた。クロスを外し、手鏡を渡す。

「短い髪も似合うじゃない」

　サイドが短めのマニッシュなショートヘア。鏡の中の自分を見つめ、林は「俺は何でも似合うから」と歯を見せて笑った。

「ショートカットっていうのは、ロングよりもスタイリングが大変なのよ。長い髪は結んどけばどうにかなるけど、短いとそうもいかないから。ちゃんと毎朝セットしてよね」

「わかってるよ。ワックス付けりゃいいよな？」

「ヘアオイルでもいいわよ」

「そっか」

　精神が安定していなければ、身だしなみには気を配れない。林の返事に、彼の心が少し持ち直したことを感じ、嬉しくなる。

「スッキリした」

　髪の毛を切ったことで、心も軽くなったようだ。林の表情はどこかさっぱりとしていて、いろいろと吹っ切れたように見えた。自分も彼の背中を押すことができただろうか。

「ありがとな、ジロー」

　と、林がスツールから立ち上がる。

「これくらい、お安い御用よ」ジローは微笑みを返した。「またいつでもいらっしゃい」

「ああ。じゃあ、またな」

　店を出て行くその背中を、

「——林ちゃん」

　ジローは呼び止めた。

「アナタには、アタシたちだっているんだからね」

　微笑み、一言だけ告げる。

　こちらの気持ちは十分に伝わったようだ。短くなったばかりの襟足を照れくさそうに掻きながら、林は「ありがとう」と笑った。

丸二日かけて探偵事務所の掃除を済ませた。榎田がゴキブリゴキブリとうるさかったので、殺虫剤も撒いておいた。

依頼人――野上春乃は約束の時間通りに事務所を訪れた。すぐに応接スペースへと案内し、淹れ立ての緑茶を差し出す。

そういえば、ここで働きはじめた頃は、いつも馬場に怒られてたっけ。思い出し、懐かしい気分になった。あの頃は客人をもてなすことも満足にできなかったが、今では手慣れたものである。我ながら成長したな、と内心得意げな気持ちに浸りながら、

「――それで、調べてほしいことってのは？」

向かい側に腰を下ろし、林は尋ねた。

まずは依頼人の話をしっかり聞くこと。馬場がよくそう言っていた。心の中で探偵業の基本を復唱しつつ、相手の話に耳を傾ける。

依頼人は茶を一口飲んでから、言葉を発した。

「恋人が、急にいなくなったんです」

悲しげな声色でそう告げ、俯く。

野上春乃は二十七歳。どこにでもいる普通のOLという雰囲気だ。裏稼業の匂いはしない。以前渡された名刺には、市内にある商社の社名と営業職という役職が記載されていた。

「恋人？」

「はい。去年出会った人なんですが……」

春乃には二か月ほど前から交際している男がいるそうだ。その相手が突然、行方不明になってしまったという。

「ずっと、彼と連絡がつかないんです。電話も出ないし、メッセージも既読にならなくて」

依頼人は心配そうに眉を下げた。

「それって、いつから？」

「五日前からです」

春乃は「会う約束もしてたのに、音沙汰なしで」と顔を歪めた。

「なにか事故とか事件に巻き込まれているんじゃないかって、心配で心配で……だから、お願いします。調べていただけませんか？」

依頼人が頭を下げた。

思わずため息が漏れてしまう。

「あのさ、すげえ言いにくいんだけど」

言いにくいことこの上ないが、はっきりと言わなければならない。こんなの調査するまでもない。単純な話だ。

「あんたの彼氏、逃げただけじゃね？」

依頼人が顔を上げ、眉根を寄せた。

酷なことを言っている自覚はある。しかし、現実を直視しなければならないときもあるだろう。これもすべて依頼人のためだ。

「付き合ってるって思ってたのはあんただけで、相手はただの遊びのつもりだったんじゃねえの？　あんたに飽きて、音信不通になった。ただそれだけのことで、別に珍しい話じゃ――」

依頼人が泣き出してしまった。

大声で号泣している彼女を前にして、林はたじろいだ。

馬場の遺影から「あーあ、リンちゃんが泣ぁかしたー」とからかう声が聞こえてきそうだ。林は内心慌てながらも、「ほら、使えよ」とティッシュ箱を相手に差し出した。

涙を拭きながら、春乃がたどたどしく言葉を紡ぐ。

「ここに来る前に、他の探偵事務所にも行ったんです。三軒回ったんですけど、やっぱりどこに行っても同じようなことを言われて……誰にも相手にしてもらえなくて……」

藁（わら）にも縋るような思いで足を運んだ四軒目が、うちのこの事務所だったというわけか。

それなのに、あのときの自分は「廃業したから」と門前払いをした。本当に悪いことしたな、といっそう罪悪感が強まってくる。

「たしかに、信じたくない気持ちもあります。彼がそんな人だったたって。私とはただの遊びだったたって。……だけど、真相がわからないことには、諦めがつかないじゃないですか」

真相がわからないことには、諦めがつかない。

その彼女の一言が、林の胸に引っ掛かった。

「……たしかに、そうだよな」

そうだ、自分も同じだ。

馬場がなぜ自殺したのか。本当に自殺だったのか。その真実を知るまで、気持ちの整理がつかない。諦められない。

彼女の胸の内が痛いほど理解できる。だからこそ、この依頼を断ることはできそうになかった。

「引き受けるよ、あんたの依頼」

という林の言葉に、女はぴたりと泣き止(や)んだ。

「……ほ、本当ですか」

「ああ」

頷き、にやりと笑う。

「あんたの恋人、必ず見つけ出してやる。もし浮気してやがったら、しっかり懲らしめてやるから、期待しとけよ」

自信満々にそう告げると、依頼人は覚悟を決めた表情で「お願いします」と頭を下げた。

「はい、これ。契約書。金額とか確認して」

営業再開した馬場探偵事務所の、最初の仕事だ。気合い入れていくか、と林は心の中で呟いた。

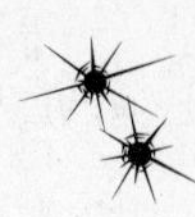

「——というわけで、次の仕事を最後にしようと思うの」

ジローが切り出した一言に、マルティネスは少しばかり驚いた表情を見せていた。

とはいえ、長年一緒に働いてきた仲間は、多くを語らずとも自分を理解してくれている。

「それがいいな、ミサキのためにも」

と、彼は頷いた。

裏の仕事をしている以上、いつまでも危険は付きまとうものである。前回の誘拐事件のように、娘になにかあってから後悔するのはもう御免だ。足を洗うにはいいタイミングだろう。

「勝手に決めてごめんなさい、マルちゃん」

頭を下げると、

「気にすんなって。何事も、いつかは終わりがくるもんだ」と、マルティネスは笑い飛ばした。

「収入源が減ったら困るんじゃない？」

「心配ない。捜査官のダチにバイトを紹介してもらうよ」

「それならよかった」

店のカウンターに並んで座り、言葉を交わす。

「そんなことより、ミサキにはもう話したのか？」

「ええ、伝えたわ」

「反対したんじゃないか？」

「はじめはね。でも、最後はちゃんと納得してくれたわよ。『いつか、わたしが大きくなって、ジローちゃんが安心して復讐屋をやれるくらい強くなるから、それまで待ってて』って」

ミサキの言葉をそのまま伝えると、マルティネスは感心していた。「へえ、さすがだなぁ」

「でしょう？」ジローは一笑した。「あの子には敵わないわ」

源造と馬場を失ってからというもの、周囲の状況は大きく変わった。チームのメンバーたちも、それぞれが変わろうとしている。

というより、変わらざるを得なかった。

「林ちゃんはね、探偵の仕事を続けるそうよ」

大事な人がいなくなったから、仕事を続ける者もいる。

大事な人がいなくならないよう、仕事を辞める者もいる。

思いは違うが、それぞれが前に進もうとしている。仲間を失った悲しみと向き合いながら。

「――で、どうする？　最後の仕事は」マルティネスが楽しげに尋ねた。「いくつか依頼が来てんだろ？　どれにすんだ？」

次で最後になる。依頼は慎重に選ばなければ。

しばらく考え込んでから、

「だとしたら、原点回帰よね」

と、ジローは片目をつぶった。

原点回帰。ジローがこの仕事を始めたきっかけは、恋人の復讐だった。

二時間の空の移動はあっという間だった。軽く居眠りしているうちに、榎田が搭乗

した飛行機は着陸を済ませていた。飛行機を降り、疲れた体でキャリーケースを引きずりながら、空港内を歩く。

林から『今どこだ？』というメッセージが届いたのは、榎田がちょうど到着口を通り過ぎたときだった。

『空港だけど』

と返したところ、

『十五分後に博多駅で』

と、すぐに返信がきた。

福岡空港から地下鉄に乗り、博多駅で降りる。林とは駅ビルの中にある外資系カフェで落ち合うことになった。

店に入ると、

「キノコ、こっちだ」

こちらに手を振る客が見えた。そこで待っていた男の姿に、榎田は驚き、目を見開いた。

「……びっくりした、誰かと思った」

林はまるで別人のようだった。トレードマークの長髪がばっさりと切り落とされている。それに、普段の女装ではなく、パーカーにジーンズというボーイッシュな格好だ。おまけに、足元はヒールではなくスニーカー。声をかけられなければ気付かなかっただろう。

「え、なに？　イメチェン？」

からかうような声色で訊けば、

「そんなとこだ」

と、林は鼻を鳴らした。

「実際不便なんだよな、あの格好。この仕事ってさ、ずっと立ちっぱだしあちこち走り回るし、ヒールじゃ疲れる」

「だろうね。まあ、悪くないんじゃない？　とにかく元気そうでなによりだよ」

前に会ったときより顔色がいい気がする。あのときは覇気がなく、光のない目をしていたが、少しは持ち直したようだ。

レジで飲み物を注文し、丸いテーブルを囲む。ホイップクリームが山のように盛り付けられた、見るからに甘ったるそうなドリンクを飲みながら、

「そういうお前は、少しやつれたな」

と、林が鼻で嗤った。

その原因は明らかだ。

「実家に帰ったせいだね」

久々の帰省。父親との対面。心身ともにかなり疲れた。

「無駄足を踏ませちまったな」

ストローから口を離し、林が気の毒そうに言う。

「あんだけ嫌がってた家に帰って、わざわざ法務大臣に直談判(じかだんぱん)までしてもらったってのに」声を落として言葉の続きを告げる。「……あいつ、自殺しちまって」

「まったくだよ」

榎田は肩をすくめてみせた。

嗣渋司――つまり、馬場のことになるが――が病院内で死亡したというニュースは全国的に報道された。被疑者死亡により、マーダー・インクを巡るこの一連の事件は収束へと向かっている。

だが、林は納得がいっていないようだ。

「けどさ、あいつが自殺するなんて思えないんだよな」前に身を乗り出し、強い口調で言う。「馬場は、そんなことをする奴じゃない」

「どうかな」

冷たい視線を返すと、林はむっとした。

「いや、お前だってわかるだろ？ あの馬場だぞ？ 自殺するような性質じゃねえって」

「本当にそう言える？ ボクらは、あの人のすべてを知ってるわけじゃない。そうでしょ？」

林は視線を彷徨(さまよ)わせた。「……いや、まあ、そうだけどさ」

「馬場さんが、本当に自らの意思で死んだのかもしれない。仮にそうじゃなかったとしたら、何者かが馬場さんを始末したことになる。取り調べで勾留中の人間に手を下せるレベルの、相当な権力をもったヤバい組織が」

「……国が絡んでるかも、ってことか？」

林の質問には答えず、

「これ以上深入りするのは、やめた方がいい」

と、榎田は鋭い声で返した。これは忠告のつもりだった。

「父親に釘(くぎ)を刺されたのか？ 首を突っ込むなって」

「そうじゃない」

林は訝しげな視線をこちらに向けた。苛立った口調で尋ねる。「だったら、なんでだよ」

榎田は深いため息をついてから、口を開いた。

「真相を突き止めたい気持ちはわかるよ。だけどさ、もし本当に馬場さんが自殺してたとしたら、どうすんの？　動機とか理由とか、抱えている悩みとか、そういう触れてほしくない部分を、あれこれ他人に詮索されて……それって、馬場さんが喜ぶこと？」

あえて厳しい言い方をすると、林ははっと息を呑み、押し黙った。

しばらくしてから、「お前の言うことにも一理あるな」と呟く。

「……たしかに、俺は自分が知りたいっていう気持ちばっかで、あいつのことを少しも考えてなかった」

少しは納得したようだ。

肩を落とす林に、榎田は明るく声をかけた。「まあ、時間が解決してくれると思うよ。いろいろと」

コーヒーに口をつけてから、それで、と話題を変える。

「用件はこれだけ？　だったらもう帰るけど」

「……あ、そうだった。お前に調べてほしいことがあるんだ」

「ボクがこっちに戻ってきたばっかりって知ってるよね？　相変わらず人使いが荒いなぁ」

まあ、そんなことだろうとは思っていたが。文句を言いながらも、「なに？」と話を促す。

「行方調査の依頼を引き受けたんだ。突然いなくなった彼氏を探してほしい、っていう女がいてさ」

どうやら馬場抜きで探偵業を再開することになったらしい。林は初仕事の詳細を端的に説明した。

依頼人の名前は野上春乃。二十七歳。商社勤務のＯＬ。

行方不明になっている恋人の名前は本多誠也。年齢は春乃と同じ。福岡市南区在住とのことだが。

「……そんだけ？」

「ああ」

「他に情報ないの？」

「背が高くて、色黒。サーフィンが趣味だって言ってたらしい。あと、顔の彫りが深い」

「役に立たない情報だなぁ」

文句を言いつつも、キャリーケースの中からノートパソコンを取り出し、さっそく調べはじめる。

その数分後、キーボードを叩く手がぴたりと止まってしまった。

「……いないんだけど」

「は？」

「南区在住の本多誠也、二十七歳……そんな男、いないよ」

あらゆるデータベースで男の名前を調べた。役所や警察の端末に侵入して。それなのに、該当する人物が見つからない。

「おい、ちゃんと探したのか？」

「誰に言ってんの？」

榎田はむっとした。

「戸籍もないし、免許証の登録データもない。念のために前科者のリストも確認したけど、ヒットしなかった」

この氏名の人物はそもそも存在しない。

ということは、つまり。

「偽名、ってことか」

林が眉根を寄せた。

その恋人は、依頼人に本当の名前すら知らせていない。これほど不誠実なことがあるだろうか。

「騙されたんじゃないの、普通に」

どう考えても、そうとしか思えない。よくある話だ。

「俺も最初はそう思ったんだけど」困ったように髪の毛を掻きながら林が言う。「調べないわけにはいかなくて」

どうやら依頼人に泣きつかれたらしい。殺し屋のくせに、この男は結構情に脆いところがある。

「てか、どんな男なの？　顔は？　写真はないの？」

「依頼人の話だと、本多は写真に写りたがらなかったらしいぜ。一緒に撮ろうとすると、いつも『写真は苦手で』って断られたって」

「……ますます怪しくない？」

林は「だよなぁ」と頷いた。

「写真に写りたがらないってことは、その男は実は既婚者で、証拠を残したくなかったとか。もしくは、顔が割れると困るようなことをしてるとか」

「犯罪者か」

いずれにせよ、碌な男ではないことは間違いなさそうだ。

「完全に遊ばれただけじゃん」

はっきりと結論を示すと、林は「いや、それが、そうとも言い切れなくて」と歯切れの悪い言葉を返す。

「依頼人の肩を持つわけじゃないんだけどさ、その男、両親に会ってくれたらしいんだよ」

「……どういうこと？」

「彼氏ができたことを親に伝えたら、うちに連れてきなさいって言われて。そのことを本多に伝えたら、すごい乗り気だったって。それで、実家に招待したらしい」

「へえ」

「依頼人には兄妹がいて、兄は仕事で同席できなかったらしいんだけど、両親と妹には紹介したって。そういう事情があったせいで、依頼人も真剣に交際してるつもりだったんだ」

「あー」納得した。「たしかに、それは期待もっちゃうか」

「だろ？」

早々に姿を消すつもりだったのなら、どうして家族に挨拶する必要があったのだろうか。

なんだかちぐはぐだな、と榎田は違和感を覚えた。

偽名を使って近付いたくせに、相手の実家には喜んで行く。誠実なのか不誠実なのか、わからなくなってきた。ただ、この男がなにか秘密を隠していることは確実だろう。

「出会ってどれくらい？」

「二か月」

「そんなもん？」

二か月で両親に紹介。少し気が早いようにも思えるが、結婚を急いでいる者にとっては珍しいことではないのかもしれない。

「どこで出会ったの？」

「依頼人の行きつけのバーだって。そこにたまたま本多が来て、向こうから話しかけてきて。そしたら、趣味が同じだったから、意気投合して――っていう馴れ初めだってさ」

「どんな趣味？」

「海外旅行」林が答えた。「依頼人は海外に行くのが好きで、これまで二十か国くらい旅してきたらしい。相手も出張でよくアメリカとか中南米に行ってたらしくてさ、海外生活の話題で盛り上がったって」

「それで、二か月前に付き合うことになった」

「そう。家族公認」

「それなのに、急に音信不通になった」

「妙な話だろ？」

「だねえ」

どうにも不可解な男である。調べてみる価値はありそうだ。榎田は再びパソコンの画面に視線を向けた。

地図を開き、尋ねる。「そのバー、どこのなんて店？」

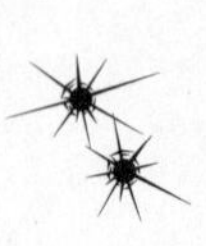

「真面目で、努力家で……本当にいい子だったんです」

福岡市内のファミレス。家族連れや学生の楽しげな話し声で賑わう店内に、成人男性の嗚咽が響き渡る。

泣きながら事の経緯を語る男と向かい合い、ジローは「あら、まあ」と気の毒そうに眉を下げた。

「辛い話をさせてしまってすみませんね、小泉さん」

「いえ……」

依頼人の名前は小泉琢也。市内在住で、職業は会社員。依頼内容は、殺された恋人の復讐だ。

「今でも信じられないんです、由美が死んでしまったなんて……突然のことだから、実感がわかなくて……」

「お気持ち、痛いほどわかります。私もつい最近、大事な友人を立て続けに亡くしたばかりなので」

備え付けの紙ナプキンを差し出すと、依頼人は「すみません」と涙を拭い、鼻を啜った。

その由美という女性は彼の恋人で、職業は派遣OL。依頼人とは会社の同僚だという。派遣の事務員だけではなく、夜は中洲のホステスとしても働いていたそうだ。勤務先は【MIRAGE(ミラージュ)】というキャバクラ。

「由美さんは、どうしてお亡くなりに？」

涙を吸ったナプキンをくしゃくしゃに丸め、依頼人は答えた。「薬物の過剰摂取です」

「薬物、ですか……」

ジローが眉をひそめると、小泉は勢いよく首を左右に振った。「違うんです、由美はそんなことをする子じゃない！」

大きな声が店内に響き、周囲の客の注目が集まる。興奮した依頼人を落ち着かせようと、ジローは「ええ、わかっていますよ」と穏やかな声で語りかけた。

小泉は俯き、声を落とした。「夜職をしてるのも、お金が必要だからで……弟の学費のために働いているんです」

依頼人の話によると、そのキャバクラに出勤した翌日、自宅で死んでいるのが見つかったという。発見したのは依頼人とアパートの管理人。彼女が会社に出勤していないことを心配し、管理人に頼んで合鍵を使ってドアを開けてもらったところ、彼女は部屋の中で倒れていた。そして、傍には何本もの注射器が転がっていたそうだ。

部屋の中の状況から、警察は事件性はないと判断したらしい。彼女が自ら薬を使用し、その結果、死に至ったと結論付けられている。

だが、依頼人はこれが事件であると考えているようだ。

「由美は、殺されたんです」

と、断言した。迷いのない口調だった。

「どうして、そう言い切れるんですか？」

「彼女が薬をやってないっていう、確実な証拠があるんですよ」

「証拠？」

依頼人がスマートフォンを取り出した。一枚の画像をジローに見せる。食事の最中に撮ったものだろう。左手に箸を持っている。

「由美は、左利きなんです」


行方調査をしようにも、その調査対象者の身元がわからないことには話にならなかった。まずは、その男がどこの誰かを突き止める必要がある。まあ、そこは榎田が何とかしてくれるだろうと、林は気楽に構えていた。

翌日、さっそく榎田に呼び出された。博多駅付近のカフェで再び落ち合うことになり、林は事務所から徒歩で向かった。相手はすでに店の中にいた。

林が席に座るや否や、

「例の男の正体はわからなかった」

榎田がそう告げたので、拍子抜けしてしまった。

例の男——本多誠也。尤も、それも偽りの名前ではあるが、さすがの情報屋も偽名だけで身元を突き止めることはできないようだ。

「だったら呼び出すなよ」

口を尖らせる林を、榎田が「まあまあ、そう言わずに」と宥めた。話はそれだけではないらしい。

コーヒーを一口飲んでから、

「男の正体はわからなかったけど、男が乗ってた車ならわかったよ」

と、榎田は付け加えた。

「車？」

「そう、車」

「どうやって突き止めた？」

「依頼人とその男は二か月前にバーで出会った、って言ってたじゃん？　だからさ、その日のその時間帯に絞って、店の周辺の防犯カメラの映像を徹底的に調べ上げたんだよ。顔ははっきりとは映ってなかったけどさ、その男らしき人物がバーの近くの駐車場に車を停める姿は映ってた」

榎田はタブレット端末を取り出し、テーブルの上に置いた。

「ほら、この車」

と、画面を指差す。

防犯カメラの映像を切り取った画像。そこに、黒のＳＵＶが映っている。車のナンバーもはっきりと読み取れる。

「それじゃあ」これは大きな進展だ。林は声を弾ませた。「このナンバーを照会したら、持ち主を突き止められるんじゃ――」

「やってみたけど、偽造ナンバーだった」

「なんだよ……」

まあそう上手くはいかないか、と肩を落とす。

「だから、防犯カメラの映像を使ってこの車を追尾して、男の足取りを調べてみたんだ」

「なるほど」

「そしたら、面白いことがわかった」

榎田がタブレットを操作し、別の画像に切り替えた。ネオンが輝く通り。中洲の街が映っている。

その中央に、一軒の店の看板が見える。【MIRAGE】という文字。

「キャバクラか？」

「うん。男はこの店に入ってった。しかも、この二か月の間に、三回もここを訪れてる」

店に行くときは常に一人。会社の接待というわけでもなさそうだ。目当てのキャバ嬢でもいるのだろうか。

「女と付き合ってるくせに、キャバクラ通いしてたってか？」

「そういうことになるね」

榎田は林の顔を指差し、付け加えた。

「しかも、連絡が途絶えた日も、男はこの店に来てたんだ」

林は眉をひそめた。「……もしかして、依頼人からそっちの女に完全に乗り換えたってことじゃ」

「ボクも最初はそう考えたんだけど、ちょっと気になることがあってね。店の入り口に設置されてる防犯カメラを調べたんだけどさ」

榎田がにやりと笑う。

「男が店に入っていくところは映ってるのに、出てくるところは映ってないんだよねえ。……変だと思わない？」

変だ。どう考えても。

「客として店に入ってったんだろ？　だったら、客として正面から出て行くはずだよな」

「そうなんだよ」

スタッフや関係者ではない限り、裏口から出て行くことはない。

「まあ、裏から出た可能性もゼロじゃない。念のため、そっちのカメラも調べておくよ」と言ってから、榎田は付け加えた。「だけど、駐車してた車はそのまま放置されてる」

「駐車場に？」

「うん。今もずっと」

ますます妙な話だ。

店からは出てきていない。車も置き去りにされたままだ。となると、考えられる線はひとつ。

「男はまだ店の中にいるのか？　監禁されてるとか？」

だとしたら、連絡が途絶えたことにも説明がつく。

「なんか、きな臭い感じだよね。どうする？」

さて、どうしようか。林は頭を悩ませた。こんなとき、馬場だったらどうするだろうか。

しばらく考え込んでから、

「このキャバクラに潜入してみるか」

と、思い立った。

仮に男が監禁されているとしたら、助けに行かなければ。とにかく店の中を調べてみるほかない。

「潜入って」榎田が首を傾げた。「客として？　キャバ嬢として？」

標的は誰でもよかった。関係者に話を聞ければそれでいい。

「あの男にしましょう」

「オーケイ」

店から最初に出てきた男を尾行し、人目のないところで襲い掛かった。背後から殴りつけ、気絶させてから車に乗せると、マルティネスは運転席に、ジローは助手席に乗り込んだ。その間、およそ数分ほど。長年の経験と阿吽の呼吸が為せる手際の良さである。

向かう先は箱崎埠頭。倉庫の中に男を運び込む。この場所には今までいろいろと世話になった。ここを使うのもこれで最後になるのかと思うと、なんだか感慨深いものである。

「さて、お前の名前を教えてもらおうか」

マルティネスは男を見下ろした。下着姿で、手足を縛られ、芋虫のような姿で地面に転がっている。まだ意識は戻っていない。

脱がせたコートのポケットから男の財布を抜き取ると、マルティネスは中身を検めた。運転免許証が入っている。

名前は川上。

年齢は二十五歳。住所は福岡市博多区らしい。

バケツに汲んだ海水を頭にかけてやると、その男は意識を取り戻した。真冬に冷水を浴びせられ、あまりの寒さに身震いしている。

「よう、目ぇ覚めたか」

と、マルティネスが声をかけた。

男は震えながら辺りを見回した。怯えた表情で声を荒らげる。「だっ、誰だ、お前ら――」

「質問するのはお前じゃねえよ」

マルティネスは一蹴した。さっそく尋問を始める。ジローはパイプ椅子に腰を下ろし、少し離れた場所からその様子を眺めていた。

「お前、あの【MIRAGE】って店の従業員だよな？」

「そ、そうだけど……だったら、何だよ」

「だったら――」

マルティネスは川上の髪の毛を掴み、強引に上を向かせた。スマートフォンの画面を目の前に突き付け、問い詰める。

「この女、知ってるよな？」

一枚の画像。依頼人の恋人——前島由美の顔写真だ。

川上は写真を凝視した。一瞬、彼の顔が強張ったように見えた。マルティネスもそれに気付いたようで、鋭い目つきでこちらに目配せをした。こいつ、なにか知ってるぞ、と。

「……マリナだろ」

と、川上が答えた。

「マリナ？」

「うちのキャバ嬢だよ」

「源氏名か」

「ああ。本名までは知らねえよ」

それはこちらが知っている。

「そうか」マルティネスは男の顔を覗き込んだ。「この女が死んだことは、知ってるか？」

すると、男はおずおずと頷いた。

「知ってるよ。店長から聞いた。……シャブのやりすぎで逝った、って」

そう答え、彼は視線を逸らした。

後ろめたいことでも抱えているかのような表情だった。やはり、この男はなにか知っているようだ。

「そうだな。たしかに、遺体には注射の痕が残ってた」マルティネスは男の周りをゆっくりと歩きながら、言葉を続けた。「左腕にな」

「それが何だよ」

「彼女は左利きなんだよ。自分でシャブ打つんだったら、普通は右腕にブッ刺すもんだろ？」

ぴたりと足を止め、

「誰かが彼女に薬を盛った、そうだよな？」

と、マルティネスは男の耳元で囁いた。

川上が声を張りあげる。「何の話だよ、知らねえって！」

「ベタなミスしやがって、仕事が雑すぎんだろ」

「し、知らねえ！　俺はなにもやってねえよ！」

男は慌てふためいていた。身を捩り、何度も首を振っている。

「俺じゃねえ！　俺は関係ねえ！」

「へえ、そうか」マルティネスが嗤う。「それじゃあ、誰が関係あるのか教えてくれよ」

次の瞬間、川上が呻いた。体をくの字に曲げ、げほげほと咳き込んでいる。マルティネスが男の腹を蹴り上げたようだ。

攻撃はしばらく止まなかった。何度も何度も蹴りつけている。「最近いろいろあったからなぁ、俺もムシャクシャしてんだよ」

「ま、待て、やめろ……やめてくれ、がは、っ！」

マルティネスは男の胸倉を掴み上げ、強引にその場に立たせた。

「関係のないお前には悪いんだが、サンドバッグ代わりになってもらうぜ」

しずかだった倉庫の中が賑やかになってきた。拳が体にめり込む音。男の悲鳴、呻き声、やめてくれと懇願する泣き声。長い時間をかけて、マルティネスは容赦なく男を殴り続けた。顔面、胸、脇腹、鳩尾。ただ無言で、淡々と拷問を続けていく。

小一時間ほど経ったところで、

「――マルちゃん、それくらいにしといてちょうだい」

と、ジローは声をかけた。

マルティネスの動きが止まる。川上の顔はすっかり腫れ上がり、咳き込みながら血の混じった唾を吐いていた。

「ちょっとやりすぎよ。肋骨が折れて肺にでも刺さったら、上手く喋れなくなっちゃうでしょ」

「おっと、それもそうだな」

ジローの言葉に、マルティネスが苦笑いを浮かべる。

「悪い悪い、最後の仕事だから気合い入っちまってよ。加減ができなかった」

マルティネスがぱっと手を離す。支えを失った男は、まるで人形のようにその場にどさりと頽れた。暴力から解放され、血塗れになった顔に少しばかり安堵の色が浮かぶ。

だが、それも一瞬のことだった。

「んじゃ、足の爪から剝いでいくか」

川上の顔が再び強張った。息も絶え絶えの状態で、「いやだ」「やめろ」と繰り返している。

マルティネスが男の足に手を伸ばしたところで、

「ま、待ってくれ！」

叫び声が倉庫に響き渡った。

「わかった、話す！　話すから！」

中洲にある件のキャバクラ――【MIRAGE】はちょうどバイトの従業員を募集していた。林が試しに電話をかけてみたところ、「今日から来てくれ」と即採用されてしまった。

店の話によれば、どうやらボーイの一人が昨日から無断欠勤していて、人手が足りないという。

「いやぁ、助かるよ。……それにしても川上の奴、このクソ忙しい時期に飛びやがって」

従業員が音信不通になることはこの業界ではよくある話で、売り上げを持ち逃げしなかっただけマシだと、面接を担当した男は苦笑していた。なにはともあれ林にとっては好都合だ。

そういう次第で、さっそく今夜からシフトに入ることになった。小林（こばやし）という偽名を使って。

黒色のタイにベスト、それから白シャツ。下は黒のスラックス。ボーイの制服に身を包み、そつなく仕事をこなしていく。二番の卓にヘルプをつけ、トレイに載せたウイスキーの水割りを五番の卓に運び、八番の卓の指名のキャバ嬢を呼びに行く。客が帰った後のテーブルの上を片付け、新たにやってきた客を案内する。

店内を歩き回りながら、そういえば前にもこんなことをしたよなと、林は不意に思い出した。あのときは馬場のせいでキャバ嬢として潜入させられ、いろいろ大変だったっけ。

あの一件ではひと悶着(もんちゃく)あったが、今回の潜入調査も順調とはいえなかった。今日は週末ということもあってか店が忙しく、林は働き通しだった。正直、調査している余裕なんて微塵(みじん)もない。

扉が開き、また新たな客が入ってきた。それを出迎え、林は「ご指名は？」と尋ねた。相手はどうやら常連客のようで、「マリナちゃんをお願い」と慣れた様子で答えた。

今現在、フロアに出ているキャストの中に、マリナという名前の女はいなかったはずだ。だとしたらバックヤードにいるのだろうか。

「すみません、マネージャー」

林はレジ横にいる男に声をかけた。彼はこの店のマネージャーで、田辺(たなべ)という名前だ。ここでは三番目に偉いらしい。

「どうした、小林」

「お客様がマリナさんをご指名なんですが、今日出勤してますか？」

客の要望を伝えたところ、マネージャーの表情が一瞬、強張った。

「……ああ、マリナは店を辞めたんだ。お客様にそうお伝えして」

「はあ、わかりました」

踵(きびす)を返(かえ)し、心の中で首を捻る。

――何だ、今の顔。

マネージャーは明らかに動揺していた。マリナという名前に。

気にはなる。ものすごく。

しかしながら、自分が調べにきたのはマリナではない。本多誠也だ。余計なことをしている場合ではない。


『……俺は関係ないんだ、本当に』

あの夜、散々マルティネスに痛めつけられた末に、川上は情けない声で弁解を始めた。

『店が終わって、急に呼び出されて』

『誰に?』

ジローとマルティネスは男を取り囲んだ。完全に怯えているようで、男の口は軽かった。

『オーナーと、店長と……あと、マネージャーだ』

呼び出された場所は、店のすぐ近く。従業員が利用している中洲の立体駐車場だったという。

『そこで、でかいキャリーケースを渡された。「中身をこの部屋に置いてこい」って言われて、住所が書いてある紙と、部屋の鍵を渡された』

『それで?』

『言われた通りにしたよ。車にケースを載せて、その部屋に行った。鍵を使って開けた。女の部屋だった。中に運び込んで、そのケースを開けたら……』

川上が声を震わせて続きを紡ぐ。

『し、死体が入ってたんだ……マリナの』

ジローとマルティネスは顔を見合わせ、同時に眉をひそめた。

マリナこと前島由美は、やはり単なる薬物中毒死ではなかったようだ。殺された、という依頼人の主張は正しかった。

『要するに、オーナーと店長とマネージャーの三人が、マリナに薬を盛って、その死体をお前に処分させたってことか？』

『ああ、そうだよ』

川上は小刻みに頷いた。

その後、彼らの命令通り死体と注射器を部屋に残し、川上は急いで逃げ帰ったという。

『三人がマリナを殺す瞬間を見たか？』

『いや』

彼は首を振った。

『マリナはあの日、店のＶＩＰ専用エリアで接客してた。あの場所は、ヒラのボーイは入れねえから』

だから、あの日あの場所でいったいなにがあったのかは知らない。川上はそう証言した。嘘は吐いていないように見えるが。

『なんで連中はマリナを殺したんだ？　動機は？』

『さあ、わかんねえ』

ただ、と川上が付け加える。

『あの店には、ヤバい噂があるんだ』

『ヤバい噂？』

『ああ。……もしかしたらマリナは、見てはいけないものを見ちまったのかもしれない』

彼は震える声でそう言った。

いったい何なんだ。その、見てはいけないもの、というのは。

男のその意味深な発言に、ジローとマルティネスは顔を見合わせ、訝しげに首を捻った。

あの店では裏の商売が行われている。ヤバいブツがＶＩＰルームでやり取りされている。そんな噂がボーイの間で広がっているのだと、川上は証言していた。

昨夜のやり取りを思い返し、

「何なんだろうなぁ、裏の商売って」

カウンター席に座るマルティネスが、ぼそりと呟くように言った。作戦会議のためにジローの店に顔を出した彼は、腕組みをして頭を悩ませている。

「まあ、順当に考えれば、武器か麻薬か……」

「偽札とか？」

「あとは……売春？」

様々な線が考えられる。

詳細は未だ闇の中だが、仕事は一歩前進した。

「あの店の中でどんな悪事が行われているかは置いといて、店の三人が由美さんの殺害に関与していることは間違いないわね」

だったら話は早い。「とっ捕まえて、罪を白状させて、一人ずつ殺していけばいいだけだ」とマルティネスは笑った。

「ええ、そうね。そうしましょう」

事件に関与したと思しき三人の男については、昨夜のうちに川上から情報を聞き出しておいた。

一人目は店のオーナーである篠崎。この男はたまにしか店に顔を出さないらしい。

なにか特別な問題が起こったときや、売り上げの集金、もしくは知人の接待のために客として来ることの方が多いという。

二人目は店長の大村(おおむら)。

三人目はマネージャーの田辺。

この二人は店に常駐しているそうだ。であれば、彼らを拉致するのは然程(さほど)難しいことではない。いつでもその機会はある。

「そんなら、俺は」と、マルティネスが腰を上げた。「あの店の前で張り込んどくかな」

頷き、ジローは答えた。

「アタシは榎田ちゃんに電話してみるわ。あの子なら、あの店の悪事のことを知ってるかもしれない」

日付を跨いだ頃合いに、林は十五分ほどの休憩を与えられた。
店内にキャストの控え室はあるが、ボーイを始めとする従業員が休むための場所は

用意されていないらしい。バイトの黒服たちはいつも、裏口の前にある空きスペースで煙草を吸ったりスマートフォンを弄ったりしながら、わずかな休憩時間を過ごしていた。

缶コーヒーを片手に裏口を出る。路地裏に面したごみごみした場所だった。無造作に置かれたビール瓶ケースを椅子代わりにして、林は一息つくことにした。

そのとき、不意にスラックスのポケットが震えた。電話がかかってきた。

取り出し、画面を確認する。

榎田からの着信だ。

『似合ってるじゃん、ボーイ姿』

電話に出るや否や、からかうような声でそう言われた。

「……見てんじゃねえよ」

どうやら監視されているらしい。

裏口の防犯カメラに向かって中指を立ててやると、『ははっ』という笑い声が返ってきた。

『それで、どんな感じ？　店内の様子は』

報告を求める榎田に、

「普通のキャバクラだ。特に怪しいところはないな」林は答えた。声を潜め、言葉を付け加える。「奥の部屋以外は」

『奥の部屋?』

「太客専用らしい」

奥のＶＩＰルームに入らせてもらったことはない。あのエリアの客は、マネージャーと店長だけが対応する決まりらしい。

「ＶＩＰ専用エリアには、新人ボーイは入れねえんだって」

『へえ』

いかにも金を持ってそうな連中が出入りしている姿を、ただ横目で眺めることしかできなかった。

『店の中に本多誠也はいた?』

「いや、その気配はないな。ＶＩＰルームにいるとも思えない」

他に秘密の隠し部屋があるとしたら、話は別だが。

「従業員とキャストの顔を隠し撮りしたから、あとで送っとく。念のため、全員の身元を調べてくれ」

『了解』

「そっちはなにかわかったか？」

『この防犯カメラを調べてみたんだけどさ、本多が音信不通になった日、ちょっと気になるものが映ってた』

缶コーヒーを呷り、榎田の言葉を待つ。

『閉店時間の一時間くらい後に、中から男たちが出てきて、大きなキャリーケースを引きずってた』

「キャリーケース？」

『そう。それも、成人男性がすっぽり入りそうなサイズ』

なるほど、と呟く。

「本多はこの店に来た後、ケースの中に詰められて、裏口から運ばれたっていうことか」

『その可能性あるよね』

「だったら、とっくに殺されてるかもな」

榎田の報告によると、その日、男たちは店を出てから、近くにある立体駐車場へと向かったそうだ。そして、キャリーケースを車に積み込み、どこかに走り去ったという。

ますますきな臭いことになってきたな、と林は眉根を寄せた。

腕時計を一瞥する。そろそろ休憩時間が終わる頃合いだ。林は缶コーヒーを飲み干し、尋ねた。

「その車の行き先、調べられるか？」

建物の向かい側の路肩に車を停め、マルティネスは張り込みを開始した。視線の先にはキャバクラの看板。ネオンが輝く【MIRAGE】という店名と、料金表が掲げられている。

客が出たり入ったりを繰り返す光景をぼんやりと眺めていたところ、不意に電話がかかってきた。

『噂は本当だったわ』

と、電話越しにジローが告げた。

『榎田ちゃんに例の三人について調べてもらったの。オーナーの篠崎には前科があるそうよ。半グレのメンバーで、麻薬の密売に関与してたって』

「へえ、そうか」

『気をつけてね、マルちゃん』

「おう」

電話を切り、マルティネスは視線を建物に戻した。

――麻薬、か。

心の中で呟く。

ふと、一人の男の顔が頭に浮かんだ。麻薬捜査官の旧友。奴ならなにか情報を持っているかもしれない。ちょっくら聞いてみるか、と思い立つ。建物を注視したまま、マルティネスは携帯端末を取り出した。

電話をかけてみたが、出なかった。取り込み中だろうか。何度かけても相手に繋がらない。

「よう、リコ。オラ。これを聞いたらすぐに連絡くれ」

マルティネスは諦め、留守電を残して電話を切った。まあいい、標的に直接訊けば済むことだ。

オーナー、店長、マネージャー。この三人が由美の殺害に関与している。まずは誰か一人を捕まえて吐かせ、芋づる式に罪を暴き、復讐を果たす。それで、今回の依頼は果たされる。復讐屋の助っ人としての最後の仕事が終わりを迎えるのも、そう遠くはなさそうだ。

午後四時過ぎ。動きがあった。一人の男が目に留まった。スーツ姿の中年が通りを歩き、店の方へと向かっている。おそらくあの男がマネージャーの田辺だろう。川上から聞いた身体的特徴と一致する。

田辺は今、一人だ。周囲には通行人もいない。絶好の機会である。マルティネスは車を降りようとした。

だが、そこで動きを止めた。

目の前で、妙な展開が起こったのだ。

見れば、田辺が急に怒りはじめた。「どこ見て歩いてんだ!」と声を張りあげている。

どうやら人とぶつかったらしい。彼のすぐ傍で、派手な髪の男が「すんません」と頭を下げている。

ホスト風の、スーツ姿の男。その若者には見覚えがある。

「……おいおい、マジかよ」

思わず呟いてしまった。

すぐに車を降り、マルティネスはホストの後を追った。尾行されていることに気付きもせず、彼は早歩きで通りを抜けていく。

背後からそっと忍び寄り、

「お前、なに盗(と)ったんだ?」

と、マルティネスは相手の肩を摑んだ。

「うわっ!」

男が声をあげた。体がびくりと跳ね上がる。すばやく振り返り、怯えた顔でマルティネスを見た。

やっぱり大和だった。

知り合いの仕業だと気付くや否や、

「び、びっくりしたぁ……脅かさないでくださいよぉ、マルさん」

と、大和は安堵の息を吐いた。

彼は掏摸(すり)を生業としている。この男が他人とぶつかるときは、仕事をしたということだ。

「財布か?」

尋ねると、大和は首を振った。「いや、車の鍵っす」

「は？　車の鍵ぃ？」

また珍しいものを盗んだな、と思った。車の転売で稼ぐつもりだろうか。「そんな高級車に乗ってんのか、今の男は」

「いや、違うっす。なんかわかんねえけど、榎田に頼まれたんすよ。さっきの男の車の鍵を掏れ、って」

「榎田に？」

ここでも奴の名前が出てきた。もしかしたら、ジローに頼まれて調べているのかもしれない。

それにしても、とマルティネスは首を捻った。

「車の鍵なんて、何に使うんだ？」

すると、「こっちっす」と大和が歩き出した。今度はいったいなにを企んでいるのやら。マルティネスは黙って後についていくことにした。

たどり着いたのは、近くにある立体駐車場。

「えっと……『は』の１２４８……１２――」ナンバーを呟きながら大和が辺りを見回す。

しばらくして、

「あ、これっすね」

と、黒のワゴン車を指差した。

「これが田辺の車か？」

「らしいっす」

大和が盗んだばかりの鍵でドアを開け、車の中に乗り込んだ。それから、ドライブレコーダーにＵＳＢメモリを挿し込んでいる。どうやら走行中のデータを抜き取る気らしい。

用を済ませると車を降り、大和は電話をかけた。「終わったぜ、榎田。ひとつ貸しだからな」

『ドライブレコーダーの記録から、あの車がどこにキャリーケースを運んだかわかったよ』
榎田から電話がかかってきたのは、その翌朝のことだった。車の行き先を調べるよう頼んだばかりなのだが、すでに手掛かりを摑んだらしい。

「仕事が早いな」

林は感心した。さすが榎田だ。

『ま、協力者がいたからね』

「協力者？」

『大和くん』

榎田の話によると、店のマネージャーが所有する車――つまり、あの日キャリーケースを運んで走り去った車の鍵を、大和に掏らせたらしい。その鍵を使って中に忍び込み、ドライブレコーダーのデータを盗み出した。

『位置情報を送るよ』

電話を切ると、すぐに榎田から地図と住所が送られてきた。場所は市外――北九州市のようだ。

林はすぐに支度を済ませ、事務所を出た。電車とタクシーを乗り継いで現場へと向かう。

たどり着いた先は、門司区の海沿いにある貸倉庫だった。潮風に晒されて所々錆び付いた、鉄骨の二階建ての建物。榎田からのメールには倉庫の間取り図も添付されていた。一階はなにもないだだっ広い空間で、二階には事務所やトイレ、食堂などの小部屋が並んでいる。

入り口のシャッターは閉まっている。中に人の気配はない。林は窓ガラスを割り、侵入した。

一階には段ボール箱が山のように積まれていた。ひとつ開けて中身を確認してみたところ、小分けの袋が詰まっていた。中身は白い粉だ。

「……ヤクか」

どうやらここは商品の保管庫らしい。

足音を殺し、二階へと上がる。慎重に、警戒しながら、小部屋をひとつひとつ調べていく。

そのとき、ふと、人の気配を感じた。

奥の部屋に誰かいるようだ。

息を潜め、林はゆっくりと近付いた。得物を握りしめ、しずかに扉を開ける。

ドアの隙間から中を覗き込むと、男が倒れているのが見えた。手足を縛られているようだ。

「……おい」

林は小声で話しかけた。

男は呻き声をあげ、身を捩った。暴行を受けたようで、顔は血に塗れ、腫れ上がっている。褐色の肌。サイドを刈り上げた短い黒髪。彫りの深い顔立ち——見たことのある男だ。

「あ、お前——」

はっと気付く。

「リカルドじゃねえか」

たしか、マルティネスの友人で、麻薬捜査官の。

「おい、大丈夫か！」

声をかけ、強く体を揺さぶる。

すると、男は顔を歪めた。

「いてぇ……やめろ、肋骨が折れてんだ」

掠（かす）れた声で答えた。

林は慌てて手を離した。「ああ、悪ぃ」

この男と会うのはこれで三度目だ。一度目は麻薬カルテルによる事件。二度目はハロウィンパーティ。まさか、こんな場所で再会するとは。

「お前、なんでこんなところに？」

尋ねると、

「下の荷物、見たか？」

と、リカルドは頭で床を指した。

「ああ」

この倉庫には麻薬がある。そして、この男は麻薬捜査官だ。この場にいる理由としては十分すぎる。

「捜査中にヘマして捕まったのか」

からかうように言うと、

「……まあ、そんなところだ」と、リカルドは舌打ちした。「お前こそ、なんでここに？」

「俺も仕事だよ」

行方不明になった依頼人の恋人を追ってここまで来た。説明したいのは山々だが、今は暢気に事情を話している場合ではない。

「そんなことより、ここから逃げるぞ」

林はそう告げ、リカルドの手足を拘束している縄を切ろうとした――そのときだった。

不意に物音が聞こえた。

振り返ると、男が立っていた。二人の男。顔は知っている。キャバクラのマネージャーと、店長だ。

「こんなところでなにをしている、小林」

二人は拳銃を構えていた。

まずいな、と顔をしかめる。林はしずかに両手を上げた。

リカルドがにやにやと笑っている。「お前もヘマして捕まりそうだな」

「うるせえ」

林は舌打ちした。

腕と足を縛られ、ドラム缶に胴体を括り付けられてしまった。これでは身動きができない。隣にいるのは手負いの捜査官。彼もまた、林と同じような体勢で拘束されていた。

そこでおとなしくしてろ、と言い残し、二人の男は去っていった。すぐに殺されないだけマシだが、猶予は長くはないだろう。

林は頭を働かせ、状況を整理した。

発端はあの女――野上春乃からの依頼だった。音信不通の恋人の捜索を頼まれた。捜索対象者の名前は本多誠也。調べを進めるうちに、本多は中洲のキャバクラに通っていることが判明した。

その店の名前は【MIRAGE】。

ところが、本多の足取りはその店で途絶えていた。

マネージャーたちに怪しい動きがあった。彼らは店の中からキャリーケースを運び出していた。その行方を追い、林はこの倉庫にたどり着いた。建物の中を調べたところ、そこにいたのは監禁されたDEA捜査官・リカルドだった。

「……もしかして」すべての手掛かりが、ひとつに繋がる。「本多誠也ってのは、お前のことか？」

という林の問いかけに、

「おい、なんでその名前を知ってる」

リカルドは怪訝(けげん)そうな顔でこちらを見た。図星らしい。

「うちの探偵事務所に依頼がきたんだよ。野上春乃って女が、音信不通になった恋人を探してくれ、ってさ」

心当たりがあるようだ。リカルドは黙り込んでいる。

「……マジで恋人なのか？」

「そんなわけないだろ。恋人のふりをしていただけだ。野上春乃はただの情報提供者に過ぎない」

リカルドは左右に首を振った。

「本多誠也っていうのは、俺のアンダーカバーのひとつだ」

身分を隠して接触したということは、野上春乃はＤＥＡがマークしている捜査対象者なのだろうか。

「あの女、犯罪者なのか？」

そうは見えなかった。普通の、どこにでもいるＯＬという感じで、犯罪に手を染めているようには思えないが。

林の質問に、リカルドが答えた。「狙いは春乃じゃない、その家族だ。彼女の兄貴が、麻薬の密売組織と繋がっているという情報が入った」

そういうことか、と林は頷いた。

「だから妹に近付いて、探ろうとしたわけか」

バーで声をかけ、偶然の出会いを演出し、両親にまで会いに行って。たいしたハニートラップである。

「その兄貴が今、【MIRAGE】という店と取引していると聞いた。だから、客としてあの店に通った」

リカルドは泥酔した客を装ってVIPルームに忍び込み、盗聴器を仕掛けようとしたが、その目論見(もくろみ)は上手くいかなかったらしい。

「そこでバレた」

と、彼はため息をついた。

「俺はその場で拘束され、袋叩きにされた。それから、ここに運び込まれたってわけだ」

「なるほど」

おおよその経緯は理解できた。

「お前、あの店に通ってたんだよな？　だったら、マリナっていうキャバ嬢を知らないか？」

ずっと気になっていた。その女のことが。彼女の名を聞いたときのマネージャーのリアクションは引っ掛かるものだった。

すると、

「知ってる」

リカルドは頷いた。

「俺がVIPルームで捕まったとき、不運なことが起こったんだ。部屋を間違えて入ってきたキャバ嬢がいた」

VIPエリアには個室が三つ並んでいる。リカルドは奥の部屋にいた。女は真ん中の部屋で接客するはずだった。不運な事故だった。

「彼女は見てしまったんだ。銃を構えている店長と、俺を殴っているマネージャーの姿を」

リカルドは横目でこちらを見遣り、

「あとは……わかるだろ？」

と、囁いた。

マリナは見てはいけないものを見てしまった。だから、口封じのために殺されたわけか。マネージャーのあの反応の理由がよくわかった。

「あの連中はまだ、俺が何者かを知らない。俺の狙いもな。だから、口を割らせるために、ここに監禁してる」

リカルドの姿を見れば、相当痛めつけられたことが窺える。「我慢強いな」と林は称えた。

「ホセのクソ野郎の拷問に比べたら、たいしたことない」

リカルドは悪態をつき、鼻で嗤った。

それから、

「そういや、相棒はどうした？　今日はひとりなのか？」

と、思い出したように尋ねた。

一瞬、戸惑ってしまった。どう答えるべきか。

「馬場は――」

悩んだ末に、

「馬場は、死んだ」

と、林は簡潔に答えた。

隣の男が息を呑むのがわかった。

一拍置いて、

「……そうか、それは残念だ」

と、気の毒そうな声色で返す。

「ああ」

頷き返した、そのときだった。

足音が聞こえてきた。

連中が戻ってきたようだ。今度は二人ではなく、三人いる。マネージャーと店長の他に、男が一人。おそらく店のオーナーだろう。親玉を連れてきたわけか。

「——小林」

店長が名前を呼んだ。

「お前、いったい何者だ？」銃を構え、林に向けて脅す。「お前も、そいつの仲間なのか？」

「いや、違う。仲間じゃない」

「本当にそうかな？」

次の瞬間、銃口がリカルドの方を向いた。引き金が躊躇いなく引かれ、銃声が部屋に響き渡る。

わざと外したようだ。弾はリカルドの顔のすぐ横——背後にあるドラム缶を貫いていた。

「やめろ！」

思わず叫んでしまった。

店長がにやりと笑う。「やはり仲間か」

「違う、そういうことじゃないんだ」林は声を張りあげ、釈明した。「仲間じゃないが、この男のことは知ってる。俺の目的はこいつだ。俺はただの私立探偵だよ」

「私立探偵？」

「ああ。こいつの恋人の依頼で、この男を迎えにきた。俺はただ、こいつを無事に連れて帰りたいだけだ。お前らの商売については口を出さない」

するとと、

「そうか」男は銃口を再び林に向けた。「そういうことなら、お前に用はない。死んでもらおう」

林は顔をしかめた。交渉できる余地があるとは期待していなかったが、さすがにこれはまずい展開だ。

「よかったな」リカルドが軽口を叩く。「相棒と再会できるぞ」

林はむっとした。「笑えない冗談やめろ」

だが、冗談で済む話ではない。リカルドの言う通り、このままでは天国の馬場に笑われてしまうだろう。短い別れやったね、と。

男たちが引き金に指をかけた。

「――連中の車が動き出したわ」

ジローの一言を合図に、マルティネスは車のエンジンを掛けた。「よっしゃ、行くか」

「北に向かってるみたいね。高速に乗った」

「オーケイ」

助手席のジローの道案内を頼りに、車を走らせる。標的の車に仕込んであるGPSは上手く機能しているようだ。

高速道路を経由して一時間ほどの距離を進んだところで、位置情報の動きが止まった。

「着いたわ、ここみたいね」

たどり着いた場所は、門司区だった。二階建ての倉庫が見える。傍には、連中の車と思しき黒のワゴンも停まっている。ワゴン車の中は無人だ。倉庫の入り口のシャッターは開いている。全員、建物内にいるようだ。

「中に入りましょう」

車を降り、懐から拳銃を取り出したジローに、

「おいおい、待て待て」マルティネスはぎょっとした。「そんな物騒なモン、どこで手に入れたんだ？」

「こないだ、山崎運輸の車を奪ったでしょ？　そのときにちょっと拝借したのよ。いつか役に立つと思って。ほら、マルちゃんの分もあるわよ」

ジローがもう一丁の自動拳銃をこちらに手渡す。受け取り、マルティネスは「面白くなってきた」と呟いた。

シャッターを潜り、倉庫の中へと侵入する。その直後のことだった。一発の銃声が聞こえてきた。

「あらやだ、何事？」

「上の階からだ」

奥に階段がある。銃声はその先から聞こえてきた。ジローたちは足音を殺して二階へと上がった。

「さてと、最後の仕事だ」銃の安全装置を外しながら、マルティネスはにやりと笑った。「楽しもうぜ」

「――殺(や)れ」

オーナーの男が短く命じた。マネージャーと店長が揃って銃を構え直し、林の頭に向ける。

身動きができない。逃げ場はない。

林は舌打ちした。

くそ、さすがにここまでか。

覚悟し、目をつぶった。次の瞬間――銃声が鳴り響いた。

だが、体の痛みはなかった。

林は目を開けた。

銃声は一発だけじゃない。複数の破裂音が聞こえる。次いで、男たちの悲鳴が響き渡った。

撃たれたのは林ではなく、目の前にいる三人だった。全員、胸やら腹やらから血を流し、その場に力なく頽れていた。

いったい、なにが起こったんだ。

林が唖然としていると、

「あらあら、大変だわ。痛いでしょう？　可哀そうに。すぐに楽にしてあげますからねえ」

そんな、わざとらしい言葉が聞こえてきた。

聞き覚えのある声だ。

「……は？」

驚いた。ジローがいる。その隣にはマルティネスも。撃たれて瀕死状態の男たちを見下ろし、二人は言葉を交わしている。

「マルティネス先生、患者の容態が急変しちゃったわ。どうしましょう、すごく苦しそう」

「薬の量を増やしてやれ。さらに百グラム、シャブを投与しろ」

「はい、先生」

なんだかよくわからないが、寸劇が始まった。

二人は手分けして作業を始めた。男の口を無理やりこじ開け、その中にビニール袋に入った白い粉を注ぎ込んでいる。

口いっぱいに粉を詰め込まれた男たちは、やがて痙攣しはじめ、仕舞いには泡を吹いた。

「やだ、先生。心肺停止しちゃったわぁ」

ジローがあざとく肩をすくめる。

「これって医療過誤かしら」

「非常に残念だが、気に病むことはない。我々は最善を尽くした」

「はーい、ご臨終ぅ」

ジローは両手を合わせ、マルティネスは胸の前で十字を切った。それから二人は顔を見合わせ、腹を抱えて笑い出した。

……なにやってんだ、こいつら。

楽しそうにハイタッチを交わしている二人組を、林は呆気に取られながら見つめることしかできなかった。隣にいるリカルドも呆れ顔で、この上なく大きなため息をついている。

しばらくして、

「お前ら、何の茶番だ？　ヤクでもキメてんのか？」

林が声をかけると、二人はこちらに視線を向けた。

ジローが目を丸め、口元に掌を当てる。「あら、林ちゃんじゃない！　どうしてここに？」

「こっちが訊きてえよ」

マルティネスが隣の男を指差す。「おいおい、リコまでいるじゃねえか！　どういうことだ、こりゃあ」

揃って首を傾げる二人組に、林は掻い摘んで事情を説明した。依頼人に頼まれて男の行方を追っていたところ、ここにたどり着いたこと。その男の正体がリカルドだったこと。

「――そういうわけで、ここに来たら、麻薬捜査でヘマして捕まってるリカルドを見つけた、ってわけだ」

という林の説明に、

「その後、こいつもヘマして捕まった」

リカルドが余計な補足を入れた。

「とりあえず、これ解いてくれよ」

二人に頼み、林たちは拘束を解いてもらった。

ようやく自由になったところで、

「……お前らなぁ」

と、リカルドが苛立った声で告げた。泡を吹いて絶命してしまった三人組を見下ろし、頭を抱えている。

「やってくれたな、大事な証人を殺しやがって」

DEA捜査官の立場からすれば、彼らを捕まえて捜査の手掛かりとなる情報を聞き出すつもりだったのだろうが。突如現れた愉快な二人組のせいで、三人の男は息絶えてしまった。

「まあまあ、悪かったよ、リコ」

悪びれる様子など一切なく、マルティネスが告げる。

「それよりさ、ちょっと手ぇ貸してくれないか？ こいつらの死体を海に沈めたいんだ」

「お前を先に沈めてやる」

「まあまあ、落ち着けって」

小競り合いを繰り広げる二人を尻目に、

「お前らこそ、どうしてここに？」

と、林はジローに尋ねた。

「復讐の依頼よ」

ジローが答え、説明する。

「恋人の復讐。薬物の過剰摂取で女性が死んでしまって、その彼氏から依頼されたのよ。その子、キャバクラで働いていたんだけど、この三人に薬を盛られて殺されたらしいの」

林はすぐに思い至った。その恋人というのは、おそらくあの店のマリナというキャバ嬢のことだろう。まさか復讐屋がそっちの事件を調べていたとは。なんとも奇遇というか、世間は狭いというか。

「それで、連中にヤクを？」

同じ目に遭わせて復讐したということか。彼らの死因が被弾による失血死なのか薬物の過剰摂取なのかは、際どいところではあるが。

「連中の車にGPSを仕掛けて、それを追いかけて来たら、この倉庫にたどり着いたってわけなんだけど……でもまさか、ここに林ちゃんたちが捕まってるとは思わなかったわ」

「まあ、おかげで助かったよ」

二人が来なければどうなっていたことか。幸運だった。

「これがアタシの最後の仕事」

そう言って笑うジローの顔は、晴れ晴れとしているように見えた。

その後、ジローとマルティネスは三人の死体の処理方法について話し合っていた。

このまま海に沈めようとかコンクリートに詰めてからにしようとか、やっぱり佐伯先生に頼んで燃やしてもらおうとか。

そんな物騒な会話を余所(よそ)に、

「おい、リカルド」

麻薬の入った段ボール箱を検めている男に、林は声をかけた。

「どうすんだよ、あの女のこと」

「あの女？」

「野上春乃だよ。俺、お前を探すように依頼されてんだけど、なんて報告すりゃいいんだ」

リカルドは「ああ」と思い出し、黙り込んだ。

腕を組み、しばらく考えてから、

「お前に任せる」

と、答えた。

「はあ？」

「探偵なんだろ？　上手く解決してくれ」

にやりと笑い、リカルドは背を向けた。

馬場探偵事務所のドアを開け、勝手に中に立ち入る。辺りを見回しながら、

「お、きれいになってんじゃん」

と、榎田は呟いた。

こないだまではゴミ屋敷かと思うほど汚かったが、さすがにちゃんと掃除したらしい。事務所の中は見違えるほど片付いていた。あの汚らしく穢らわしい生き物の姿も見かけなかった。

榎田はソファに腰を下ろし、この部屋の住人を待った。

十数分ほど経ったところで、林が帰ってきた。

「やあ、おかえり」

片手を上げて出迎えた榎田に、林は眉根を寄せている。「お前なぁ、勝手に入んな

「勝手に入ってくれ、って言ってるようなもんじゃんよ」

榎田は鼻で嗤った。

「植木鉢の下に鍵置くの、やめた方がいいんじゃない？　不用心だよ」

「うるせえ、所長の方針だ」

榎田の忠告を、林は一蹴した。

「――で、何の用だ？」

林は見るからに疲れた顔をしていた。肩やら首やらを回してから、どさっとソファの上に座り込む。

「仕事、どうだった？」

「酷い目に遭ったぜ」

訊けば、彼は一部始終を話した。巡り巡って、半グレとやり合う破目になったらしい。

「それで、例の倉庫に行ったら、リカルドがいた」

「マルさんの友達の？」

「そうだ。本多誠也の正体はリカルドだった」

「あー、そういうこと」

榎田は唸った。それなら、違和感のすべてに説明がつく。音信不通の恋人が偽名を使っていたことも、写真に写ろうとしなかったことも。

「既婚者でも犯罪者でもなくて、潜入捜査官っていうオチだったかぁ」

道理で、自分がいくら調べても身元を割り出せないはずだ。偽の身分を使っていたのだから。

「それで、あいつを助けようとしたら、俺も捕まっちまってさ。危うく殺されるところだった。……まあ、たまたまそこにジローとマルが来てくれたから、助かったんだけどな」

「ジローさんたちも、あの店のことを調べてたみたいだね」

ジローから【MIRAGE】についての情報を求められたときは驚いたが、調べを進めると闇の深い店だということが判明した。

「あのキャバクラ、麻薬の密売人が経営する店だった。ＶＩＰルームはお得意様と商品の取引をするための場所なんだってさ」

「そうらしいな。だからリカルドが調べてた」

これで事件は解決した。

　だが、林の仕事はまだ終わっていない。

　足を組み直しながら、榎田は尋ねた。「ところで、依頼人にはどう説明するつもり？」

　すると、林は面倒くさそうな顔で答えた。「リカルドには、お前に任せるって言われたんだけど」

「それは困ったね」

「そうなんだよ」

　ため息をつき、林が頭を搔いた。

「麻薬捜査官のハニートラップだったって、本当のことを言うわけにもいかねえしなあ……」

「死んだってことにしたら？」

「それは依頼人が悲しむだろ」

　林は眉をひそめた。

「じゃあ、どうすんのさ」

「他に女作ってた、ってことにする」

　それもどうなの、と榎田は思った。「浮気されてたって知っても、それはそれで傷付くんじゃない？」

「依頼人は前に進みたがってた。恋人が死んだって聞かされるより、他の女とよろしくやってたっていう方が、『ちくしょう、自分も幸せになってやる』って思えるんじゃねえか？」

「へえ」

意外だった。この男が、そんなことまで考えているとは。

「キミって案外、男女関係の機微を理解できるんだね」

「まあ、ドラマで勉強してるからな」

答え、林はにやりと笑う。

「とにかく、俺が女装して浮気相手になりすまして、本多誠也とホテルに入っていく瞬間をカメラで撮影して、その写真を報告書にくっつけて依頼人に渡せば、この仕事は完了だ」

それで一件落着。独立したばかりの最初の仕事としては、なかなか申し分ない働きだろう。

榎田は薄く笑った。「キミはいい探偵になりそうだ」

馬場探偵事務所を出て、博多駅の筑紫口方面へと歩く。その途中で電話がかかってきた。

八木からだった。

榎田は足を止め、通話を繋いだ。挨拶もなく本題に入る。「例の件、上手くいってる？」

『ええ、すべて順調に進んでおります』

答え、八木は端的に用件を告げた。

『こちらの準備が整い次第、福岡までお迎えに上がります。おそらく来月の半ば頃になるかと』

来月の半ば――あと一か月くらいか。

「お前がこっちに来るの？」

『いえ、坊ちゃんの私設秘書を向かわせます』

「……私設秘書、ねえ」

聞き慣れない単語に、嫌でも実感が湧いてくる。いよいよ政治の世界に踏み込むのだと。

「どんな人？」

『ご安心ください、護衛としても優秀な男を用意しておきましたので』

「そう？　期待しとくよ」

この男がそこまで褒める人物なのだから、問題はないだろうが。

とはいえ、秘書に四六時中付きまとわれる堅苦しい生活を想像すると、今から憂鬱な気分になってくる。

そんな榎田の心境を察したのか、

『……坊ちゃん』

「なに」

『本当に、よろしいんですね？』

と、八木が念を押してきた。

『今のような自由な生活は、もう二度と送れませんが』

「しつこいなぁ」

榎田は笑い飛ばした。

とうに覚悟はできている。

「それより、引き続き頼むよ。例の件」

こちらも念を押すと、
『お任せください』
と、淀(よど)みのない言葉が返ってきた。

馬場探偵事務所が営業を再開してから、一か月ほどが経った。

定期的に依頼も入ってきて、それなりに忙しい日々を過ごしている。始めたばかりの頃はなにもかもが手探り状態だったが、ひとりで仕事を切り盛りすることにもようやく慣れてきたように思う。

しかし、車の運転だけは一向に慣れない。

左にハンドルを切った直後、衝撃が走った。ゴッ、という鈍い音とともに、車体が大きく揺れる。

「うおっ」

林は思わず悲鳴をあげた。

これはマズいかもしれない。冷や汗をかきながらアクセルを踏み、コインパーキングに進入する。

赤いボディに白いライン。前方と後方に初心者マークが貼り付けられたミニクーパーをどうにか駐車したところで、林は運転席を降りた。

車の周囲をぐるりと一周するように歩きながら、確認する。車体の側面、助手席のドアの辺りが軽く凹んでいた。やはりガードレールかなにかにぶつけてしまったようだ。

「げっ、またやっちまった……ごめんなぁ、馬場」

擦り傷や凹みでボロボロになった車を撫でながら、天を仰いで謝罪する。たぶん今頃めちゃくちゃ怒ってるだろうなと思う。これで何度目ね、あんたいい加減にしんしゃい、と。

中洲の街を歩き、林は那珂川沿いの屋台通りへと向かった。ここに来るのは一か月ぶりだが、屋台【源ちゃん】は今日もちゃんと営業していた。その姿に安心し、嬉しさを感じる。

「あ、林さん。お久しぶりです」

暖簾を潜ると、いつもの面々が出迎えた。コの字型のカウンター席には、ジローとマルティネス、重松や大和もいる。賑やかな雰囲気だ。常連客に囲まれ、店を継いだ斉藤は忙しそうに働いていた。

「髪切ったんですね」

「おう、ジローに切ってもらった」

「やだもう林ちゃん、髪の毛ボサボサじゃないのよぉ。ちゃんとセットしてって言ったのに」

「しょうがないだろ、忙しくて髪弄る暇もねえんだよ」

「鳥の巣みたいな頭だな」

「無造作ヘアってことにしといてくれ」

この場にあの二人がいないことに一抹の寂しさを覚えながら、林はラーメンを注文した。

「ビールは？」

と、斉藤が尋ねた。

「いらねえ。車で来てるから」

「えっ？　車？」

「免許取ったんですか」

「ああ、合宿でな。佐賀まで行ってきた」

二週間ちょっとの間、ゲストハウスに宿泊しながら佐賀の教習所に通った。実技はもちろん、筆記試験もどうなることかと思ったが、なんとか無事に運転免許を取得できた。

「佐賀ですか。それで最近見かけなかったんですね」

「やっぱ車がないと、この仕事は厳しいからさ」

「買ったの？」

「いや、馬場のおさがり」

それじゃあ、と斉藤がビールの代わりに烏龍茶を差し出した。一口飲んで喉を潤してから、

「そうだ、名刺作ったんだ」

と、林は懐のポケットを漁った。

真新しい名刺を取り出し、その場にいる全員に配って回る。

印字されている文字は『馬場探偵事務所　所長代理　林憲明』——自分でも気に入っている肩書きだ。

名刺を眺めながら、豚骨ナインは嬉々とした声をあげた。

「へえ、所長代理か」

「あらぁ、いい名刺じゃない」

「俺が警察クビになったときは雇ってくれよ」

重松の軽口に、林は「タダ働きでよければ」と笑った。

斉藤が「どうぞ、林さん」と声をかけてきた。目の前に器が置かれる。一杯の豚骨

ラーメンに向かって、

「おう、いただきます」

と、手を合わせる。

「……おっ」

一口食べたところで、林は目を丸くした。

「前よりマシになったんじゃね？」

大絶賛するほどの味ではないが、悪くはない。少なくとも、以前食べたときよりは確実に美味しくなっている。

「本当ですか？」斉藤も嬉しそうだ。「よかったぁ」

「腕上げたな」

「相変わらず、麺はやわらかすぎるけど」

「太いしな」

「うどんかと思った」

「無理せず既製品で作ればいいのに、なんで手打ちにすんだよ」

文句の多い常連客たちに向かって、斉藤が反論する。「やっぱり、新しい色も出していかないといけないでしょう。お客さんに飽きられないように」

新人店主の成長を感じながら舌鼓を打っていると、

「そういや、聞いたか？」

と、マルティネスが話題を振ってきた。

「なにが？」

「榎田が東京に行くらしいぞ」

初耳だ。

林は驚き、箸を止めた。「マジで？」

「親父さんの後を継ぐらしいぜ」

知らなかった。

坊ちゃんも大変だな、というマルティネスの言葉に、

「あの悪戯坊主が政治家とはなぁ」

と、重松がしみじみと呟く。

「日本終わったな」

この国の行く末を案じながら林が顔をしかめた、そのときだった。

「——なに？　ボクの悪口？」

暖簾を潜り、新たな客がやってきた。

榎田だ。だが、まるで別人のようだった。トレードマークだったプラチナブロンドが真っ黒に染まっている。

いつもと違う彼の姿を、豚骨ナインが囃し立てる。

「あら、誰かと思ったわ」

「おいおい、なんだその頭ぁ」

「うわあ、似合わねえ」

頭を掻きながら、

「……だから嫌だったんだよね、ここ来るの」

と、榎田は口を尖らせている。

どうやら呼び出されたらしい。「アタシが呼んだの、最後に顔見せに来てちょうだいって」とジローが声を弾ませた。

「今夜は榎田の送別会だな」

「パーッとやろうぜ、店の奢りで」

「奢りませんよ！　ちゃんとお金払ってもらいますからね！」斉藤が慌てて声を張りあげた。

榎田も加わり、屋台は一段と賑やかになってきた。騒ぐナインを余所に、榎田は隅の席に腰を下ろした。林の隣だ。

　隣でビールを呷る榎田に、

「いつ発つんだ？」

　と、林は尋ねた。

「明日の朝の便」

「空港まで見送りに行こうか、みんなで」

　見送りというか、冷やかしというか。

　林の提案に、「いいな、それ」「行こう行こう」「明日の朝だな？」と皆が盛り上がっている。

　榎田は心底嫌そうな顔をしていた。「いや、いらない。来なくていい。秘書が迎えにくるから」

「おい、聞いたか？　秘書だってよ」

「すっかり先生気取りじゃねえか」

「……うるさいなぁ」

　皆がこの男をからかうのは、きっと寂しさの裏返しなのだろう。それぞれ「元気でな」「失言には気をつけろよ」「税金泥棒」「まあ、今生の別れでもないし」と明るく言葉をかけていた。

むくれた顔でラーメンを啜る男に、

「どういう風の吹き回しだ？　あんなに嫌がってた家に戻るなんて」

と、林は問いかけた。

「ま、いろいろあってさ」

榎田は曖昧に答えた。

所詮は家庭の事情だ。踏み込まれたくない領域なのだろう。これ以上は深入りしないことにした。

その代わりに、名刺を手渡す。

「なにか困ったことがあったら、いつでも連絡しろよ」

受け取ると、榎田は一笑した。

「キミもね」

榎田がグラスを持ち上げ、こちらに向かって掲げる。林も烏龍茶のグラスを手に取った。

これでいい、と林は思う。湿っぽい別れなんて俺たちには似合わない。グラスを軽くぶつけ合う。鮮やかな音が響いた。

「――千尋様」

その翌朝、博多駅の筑紫口で榎田を待っていたのは、想像していたよりも若い男だった。

まるでアメリカ大統領のシークレットサービスから引き抜いてきたかのような軍人然としたその男は、

「お迎えに上がりました」

と、愛想のない声で告げた。

「ああ、キミがボクの私設秘書？」

正確には、秘書兼ボディガードである。

榎田は男を観察した。短く刈り上げた髪の毛。大柄で筋骨隆々な体格。いかにも、な見た目である。暴漢を取り押さえるのは得意そうだが、事務仕事には向いてなさそうだ。「優秀な男を付ける」と言った使用人の言葉が本当なのか、疑いたくなってくる。

「八木隼人と申します」

名乗り、男は頭を下げた。

「……八木？」

あの老紳士然とした使用人の顔が頭に浮かぶ。同じ苗字だ。ということは、血縁者だろうか。

疑問を尋ねるよりも先に、相手が答えた。「息子です。義理ですが」

「なるほど」

道理で顔は似ていないわけだ。

「お荷物を」と、男がキャリーケースを榎田の手から奪い取る。「運びます」

「……どうも」

改札を通り抜け、ホームへと向かう。東京行きの新幹線。座席は当然のごとくグリーン車だった。

「こちらです、千尋様」

「いや、様とか付けなくていいから」

「では、千尋さん、そのまま少々お待ちください」

そう言って、八木は座席の下や周囲を点検しはじめた。まるで爆発物によるテロを警戒するSPのような仰々しい動きに、榎田はぎょっとした。周囲の乗客も白い目でこちらを見ている。

「いや、そんなに神経質にならなくても……ボクまだ、ただの一般人だし」

「問題ありません、お座りください」

「……どうも」

調子が狂う。もうすでに要人のような扱いだ。これからずっとこんな感じだと思うと気が滅入ってしまう。このお堅い秘書と上手くやっていける自信がすっかりなくなり、未来に不安が芽生えてきたところで、

「お見送りの方が、誰一人としていらっしゃいませんでしたが」

八木が真顔で尋ねた。

「もしかして、千尋さんはご友人がいらっしゃらないのですか？」

「失礼なところは父親譲りなんだね」

「申し訳ございません」

「いや、それでいいよ」

逆に上手くやっていけそうな気がしてきた。それくらい不遜な人間の方がやりやすいものだ。変に畏まられると居心地が悪い。

「朝の便で発つ、って伝えといたんだ。今頃みんな騙されたって気付いて、空港で怒ってるんじゃないかな」

見送りがいない理由を説明したところ、八木が呆れたような表情になった。「嘘を吐いたんですか」

「だって、冷やかしに来る気満々だったから」

「そんなことをしてると友達なくしますよ」

「それ以上言うとクビにするからね」

八木は肩をすくめ、口を閉じた。失礼だが、なかなか面白い男だ。あの男のお墨付きなのもわかる。

榎田は窓の外を眺めた。

「この街ともお別れかぁ」

感慨深い。榎田が思わずため息を漏らすと、隣の男が口を開いた。「未練がおありですか？」

この選択に後悔はない。だが、後ろ髪を引かれる部分もある。「まあ、ちょっとはね」と榎田は苦笑した。

「いい街だったよ。楽しくて、面白くて、騒がしくて」

なんだかんだで、かれこれ十年近くをこの街で過ごしてきたのだ。思い入れがないはずがない。

「なかなか大変だったけど、悪くない十年間だったな」

「これからもっと大変になるでしょうね」

「……うわ、東京行きたくなくなってきた」

秘書の失言に、榎田は口を尖らせた。

座席を軽く倒し、背もたれに体を委ねる。「はー、やだやだ。政治家なんて柄じゃないのになぁ」

「そんなに嫌なら、どうして松田家にお戻りに？」

秘書の尤もな質問に、榎田は一笑してから、

「犠牲フライみたいなもんだよ」

と、返した。

意味がわからないとばかりに、秘書は眉をひそめている。「犠牲フライ……野球ですか」

「そ」

榎田は頷いた。

「仲間をホームに還すためには、犠牲も必要だってこと」

自由、という犠牲が。

発車時刻を迎えたようだ。アナウンスとともに、扉が閉まる。ゆっくりと車両が動き出した。

目覚まし時計を止め、林はベッドから起き上がった。欠伸を嚙み殺しながら服を着替え、仕事の支度をする。

朝食の食パンを齧りながら、テレビをつけた。世間は現在ゴールデンウィーク真っ只中のようで、地元のニュース番組はイベントの紹介や渋滞情報で溢れ返っている。福岡三大祭りのひとつである『博多どんたく』のパレードの模様も生中継で報じられていた。

どんたくか、もうそんな季節か、とぼんやり考えながらテレビを眺めていた、そのときだった。

不意に速報が入った。画面の上部にテロップが表示される。

　――原田正太郎懲役囚が刑務所内で病死。

　そんな一文が目に飛び込んできた。心筋梗塞で受刑者が死亡したらしい。

「原田、って……」

　見覚えのある名前だ。

　林はすぐに思い出した。

　前福岡市長――原田正太郎。

　一連の事件の記憶が頭の中に蘇る。市長とその息子、彼らを守る殺し屋の集団。それから、多国籍マフィアの華九会。

「……そういや、ここから始まったんだったなぁ」

　林はしみじみと呟いた。

　これがすべての始まりだった。この事件がきっかけで、馬場に出会い、豚骨ナインの皆と出会った。

　一介の雇われ殺し屋だった自分が、まさか、こんな道に進むとは思いもしなかったが。

　ほんの少し前の話なのに、ずいぶん遠い昔のことのように感じる。それだけこの一年半が自分にとって色濃いものだったということなのだろう。

当時の記憶が蘇り、懐かしさに浸っていたところ、不意に事務所の固定電話が鳴った。

「はい、馬場探偵事務所です」

受話器を耳に当てて応じると、

『すみません、ちょっとご相談したいことがありまして』

と、女の声が返ってきた。

依頼の電話のようだが、小声だった。声を潜めているような、どこかこそこそした感じの印象を受けた。

「わかりました。では、こちらの質問に『はい』か『いいえ』でお答えください。言いにくいことは答えなくて大丈夫です」

『はい』

「近くに、この電話を聞かれたくない相手がいますか」

『はい』

「ご相談というのは、ご主人の不倫の件でしょうか」

『……はい、そうです』

「不倫調査ですね、わかりました。明日はお時間ありますか」

『はい。一時頃なら』

「その時間帯、旦那さんはどちらにいらっしゃいますか？　会社ですか？」

『はい』

「なるほど」

メモを取りながら言葉を交わす。

「わかりました。……それでは、明日の一時に、事務所までお越しください」

『はい』

「お待ちしてます」

林は電話を切った。

テレビを消し、今週のスケジュールを確認する。依頼人との打ち合わせは、今日の午後に一件、明後日(あさって)の十三時に一件入っている。どちらも浮気調査。しばらくは尾行と張り込みの日々になりそうだ。

さて、午前中に事務仕事を終わらせておかなければ。

林はデスクの椅子に座り、パソコンを操作し、報告書を作成した。先週引き受けた依頼が無事に完了したところだった。調査結果をまとめていく。最初の頃は事務仕事の経験がなく戸惑ったが、馬場が残してくれたフォーマットのおかげでなんとかなっている。

プリントアウトした資料をファイルにまとめていると、不意に扉を叩く音が聞こえてきた。誰か来たようだ。

ドアを開けたところ、宅配業者の男が荷物を抱えて立っていた。よく見る配達員だった。

「クール便です。こちらにサインをお願いします」

伝票に名前を書き、ひんやりとした段ボール箱を受け取る。

……クール便なんて頼んだ覚えはないのだが。

身に覚えのない配達を訝しく思いながらも、箱をデスクの上に置く。もう一度確認してみたが、たしかに届け先の住所はこの事務所になっていた。送り先も自分の名前で間違いない。

しかし、差出人の名前は書かれていなかった。

「何なんだ、これ」

首を傾げながら伝票を睨む。

品名の欄には、『明太子(めんたいこ)一か月分』とある。

はっと息を呑み、林は慌てて中を開けた。

保冷剤とともに、ふくやの明太子が詰め込まれている。無着色のレギュラー。それが、箱の中に何個も詰め込まれている。

ただ、それだけだ。

中身は明太子だけ。送り状もなにもない。

だけど、誰からの贈り物なのかは、すぐにわかった。

――まさか、こんなことって。

ひとつ手に取り、明太子の製造日を確認する。そこにはつい先週の日付が記載されていた。

信じられない。

だが、そうとしか考えられない。

多くを語らないが、これはきっと、あの男からのメッセージなのだ。

「……ははっ」

思わず笑いがこぼれた。

「なんだよ、これ……マジかよ」

様々な感情が押し寄せてくる。喜べばいいのか、怒ればいいのか。感情の整理がつかなかった。

あの野郎、いったい今頃どこでなにをしているのやら。

だけど、そんなことはもう、どうでもいい。なんだっていい。生きてさえいてくれたら。

「……くそ」涙と笑いが同時に込み上げてくる。林は震える声で呟いた。「五年分にしときゃよかった」

始球式

「嗣渋司、退院だ」

そう告げられたのは、病院が寝静まった深夜のことだった。

監視の警官らしき男が病室に入ってきた。いつもの見張りとは違う、新顔だ。その男によって、左手とベッドとを繋いでいる手錠が外され、両手が自由になった。

男は「ここを出るぞ」と小声で囁いた。

長い入院生活のせいで体中の筋力が衰えている。点滴のぶら下がったスタンドを杖代わりにしながら、静まり返った病院の廊下を歩く。

妙だな、と思った。

こんな時間に外出なんて。それに、退院などという話は一切聞いていない。担当の医師も『まだしばらくは療養が必要だ』と言っていたはずなのに。

これはいったい、どういうことだろうか。

疑問を抱いたまま病院を出ると、目の前に護送車が停まった。車の中へと押し込まれ、仕方なく座席に腰を下ろす。

車の中で自分を待っていたのは、初老の男だった。

捜査関係者以外は面会できない決まりになっているが、この男は刑事でも弁護士でもなかった。仕立ての良いスーツに片眼鏡という老紳士風の出で立ちで、すっと背筋を伸ばし、姿勢よく向かい側の座席に座っている。まるで英国の執事のような上品な人物が、犯罪者を移動させるための車の中にいるこの光景は、なんだかちぐはぐな感じがした。

見張りは乗ってこなかった。この男が人払いをしたのだろうか。車の中には自分とこの老紳士、それから鉄格子の向こう側にいる運転手だけ。

そうこうしているうちに車が発進した。かなりスピードを出しているようで、大きく揺れている。治りかけの傷に響き、思わず顔をしかめた。

目の前の男は背筋を伸ばしたまま、

「ご無沙汰しております」

と、恭しく頭を下げた。

「初対面のはずですが……どちらさまですか?」

点滴スタンドを握り直して尋ねると、その老紳士はにっこりと微笑んだ。

「下手なお芝居はおやめください、馬場さん」

穏やかな表情とは裏腹に、その声色は鋭い。すべてを見抜いているかのような瞳で見つめられ、観念するしかなかった。

「……お久しぶりですね、八木さん」

馬場は微笑みを返した。

前に会ったのは事務所で、だったか。覚えている。あのときは彼に行方調査を依頼された。その調査対象者がまさか榎田で、彼が政治家の息子だったと知ったときは心底驚いたが。それも今となっては懐かしい思い出である。

「実は昨日、坊ちゃんから頼まれましてね」

と、八木は話を切り出した。

「榎田くんから？」

「ええ。貴方が捕まっているから助けてくれと仰るので、遥々東京から飛んで参りました」

自分が嗣渋司と入れ替わっているという真相に、やはりあの情報屋はたどり着いたようだ。

「さすがやね」

八木が悪戯っぽく口角を上げる。「千尋坊ちゃん、旦那様に頭を下げておられましたよ」

「あの榎田くんが？　それは見たかった」

馬場も笑みを返した。あの不遜の塊のような男が人に頭を下げる姿なんて想像できない。それも、確執のある父親相手に。さぞ見物だっただろう。

だが、裏を返せば、彼はそれだけのことをしてくれた、ということだ。自分を助けるために。その想いは、純粋に嬉しかった。

「馬場さん、単刀直入に申し上げます。貴方をこのまま、法の裁きから逃がして差し上げましょう」

と、八木はここへ来た目的を告げた。

馬場は現在、福岡市内にある大学の付属病院にて勾留され、治療と並行して取り調べが行われていた。退院すれば送検され、裁判が始まるだろう。公判中は拘置所で過ごすことになる。こうして手錠もなく外へ出られるような立場ではないのだ。

それなのに、八木は「救ってやる」と簡単に言ってのけた。榎田の父親の権力があれば、脱獄など容易いというわけか。

「有難い話ですが、結構です」

だが、馬場は固辞した。

「どうして？」

「俺は、刑務所に入っても死刑になっても、構わんと思ってます。むしろ、そうあるべきだと」

「まさか、罪を償うおつもりですか？　嗣渋司として」

「覚悟はしてました、いつかは報いを受けないかんって」

馬場はゆっくりと頷き、言葉を続けた。

「自分は殺し屋です。今まで大勢の命を奪ってきた。その代償は、自分の命で払わないかん。それだけのことをしてきたけん。だから、このままでいいんです。八木さんなら、わかるでしょう？」

「ええ、理解はできますよ。わたくしも同じ穴の狢でしたから」

八木は微笑んだ。

「――ですが、わたくしの個人的な考えを申し上げても、よろしいでしょうか？」

「どうぞ」

促すと、八木の顔つきが急に変わった。

「千尋坊ちゃんは貴方の命を救うために、ご自分の人生を犠牲にしたのです。貴方だけ塀の中で楽をしようなんて、許せません」

凄みのある声色だった。気圧されてしまうほどの剣幕で、殺気すら感じた。馬場は思わず息を呑んだ。

「貴方は殺し屋です。人殺しなのです。司法に裁いてもらったところで、貴方の罪は償いきれるようなものではございません。これまで何人も殺しておいて、さすがに虫が良すぎると思いませんか？」

八木は反論の余地を与えなかった。そもそも、と言葉を続ける。

「貴方ご自身だって、そんな殊勝なこと、本気で考えてはいないでしょう？」

図星を突かれ、馬場は肩をすくめた。

「……嘘は通用せんみたいやね」

「最初に申し上げたはずです、下手なお芝居はおやめくださいと。腹の探り合いは時間の無駄ですから、本音で話し合いましょうか」

「よかよ」

馬場は頷いた。

「榎田くんは、俺の本当の狙いに気付いとった？」

「ええ、もちろんですとも。坊ちゃんは仰ってました。貴方が嗣渋として捕まったことには、二つの狙いがあると」

背後の壁に体を預け、馬場は続きを促した。「へえ、それで？」

「ひとつは、マーダー・インクの悪事を世に知らしめること。そしてもうひとつは、権力者を動かすことです。お仲間を守るために」

どうやらすべてお見通しのようだ。馬場は苦笑した。

「貴方の狙いは、我々と接触する機会を得ること——まさに今のこの状況、でございますね？」

松田家の一人息子の久々の帰省に、八木は内心驚いていた。頑なに家に寄りつかなかった彼が、いったいどういう風の吹き回しで、敬遠している父親に会う気になったのか。
その理由が友人のためだと知り、八木は至極感激した。
ワガママで、身勝手で、他人のことなど二の次だった、あの——あえて汚い言葉を使えば――クソガキが、こんな風に人を思いやれるようになったとは。ずいぶんと成長したものだ。幼少期から見守り続けてきた身としては、喜びもひとしおである。

松田和夫に直談判した後、八木は千尋とリビングで言葉を交わした。今回の一連の事件には、まだ様々な疑問が残っている。

『それにしても、自らの体を斬るなんて、馬場さんもなかなか思い切ったことをなさいますね』

『そうするしかなかったんだよ。ボクたちを騙すために』

『ですが、どうして馬場さんは犯人のふりをなさっているんでしょう？』

空になったカップに紅茶を注ぎながら、八木は尋ねた。

『なぜ、ご自身の腕を犠牲にしてまで、弟の身代わりに？』

『考えられる可能性はいくつかあるんだけど、一番の目的は、生き証人になるためかなぁ』

千尋はそう答えた。どこか納得のいかないような表情で。

『なるほど。ご自身が自供することで、マーダー・インクの罪を暴こうとしたというわけですね』

ただ、それにはひとつ気がかりな点がある。

『ですが、警察の取り調べも済んで、馬場さんはもうその目的を果たしたのでしょう？』

『そういうことになるね』

『でしたら、次に彼が取る行動は、最悪の選択になると考えられるのでは？』

意味深な言い方をする八木に、千尋は眉根を寄せた。『……どういう意味？』

『坊ちゃんなら、どうします？　役目を終えた後、このまま不自由な世界で生きていく気になれますか？』

すでに目的は果たした。このまま犯罪者として、塀の中で生き続ける意味はあるだろうか。

聡い彼はすぐに言葉の意図に気付いた。『それって……馬場さんが自ら命を絶つってこと？』

『ええ、そうです』

囚人が獄中で自殺するケースは珍しくない。

すべては馬場の復讐が発端だったと聞く。馬場が生きている限り、嗣渋も生きている。それは本望ではないだろう。皮肉なことに、自身の死によってこの復讐は完結するのだ。

『たしかに、そうなんだけど……』千尋は息を吐いた。難しい顔でじっと考え込んでいる。

『なにか、気になることでも？』

尋ねると、千尋は釈然としない表情で答えた。

『嗣渋の弁護士が言ったんだ。嗣渋から伝言を預かってるって』

『伝言？』

『「自由を奪ってしまって申し訳ない」――そう言ってたらしい。ボクに』

千尋は怪訝そうに続けた。

『最初は、ボクを地下室に監禁したことについて言ってるんだと思ってた。逮捕されたのが嗣渋本人だと思ってたから。だけど、その言葉は嗣渋じゃなくて、嗣渋になりすました馬場さんからのメッセージだった。……ってことは、意味合いが変わってくると思わない？』

『自由を奪って申し訳ない……』言葉を反芻し、八木はふと思いついた。『自由というのは、坊ちゃんの生活のことを指しているのでは』

『そうだとしたら、馬場さんは最初から予想していたことになるよね。ボクがこんな風に、二人の入れ替わりの真相に気付いて、馬場さんを釈放させるために動く――つ罪していたというのだろうか。

まり、自分の父親に頼み込むってことを』

自由な生活を奪い、政治家としての道を歩ませてしまうことを、馬場は前もって謝罪していたというのだろうか。

『ですが』八木は反論した。『馬場さんは、ご自身の命のために友人の人生を犠牲にするような、そんな器の小さいお方でしょうか』

『そう！　そこなんだよ！』

千尋が声をあげ、こちらに向かって指を差した。人の顔を指差すなとあれほど注意してきたのに。

『馬場さんはそんな人じゃない。たとえ死刑になろうと、仲間を巻き込むわけがないんだ。だから、別の狙いがあるんだと思う』

『千尋坊ちゃんが、そんな素敵な御方とお友達になれたことに、わたくしは感激しております』

『そういうのいいから』

その友達に札束握らせようとしていたくせに、と千尋は口を尖らせている。

しばらく考え込んでから、

『……もしかしたら』

と、彼は呟いた。なにか閃いたようだ。

『もしかしたら、狙いは父さんなのかも』

予想外の言葉に、八木は眉をひそめた。『旦那様、ですか？』

『きっと、馬場さんもボクと同じことを考えたんだ。ボクたちじゃどうしようもない問題を、権力者を頼って解決しようとした』

八木には理解できなかったが、本人は確信を得たようだ。千尋はソファから腰を上げた。

『ボクが監禁されてたとき、嗣渋が言ってたんだよね。ボクたちのことを恨んでいる奴がいて、その男に復讐を依頼された、って』

『坊ちゃん、また人様に恨まれるようなことを？　いったい今度はなにを仕出かしたんです？』

千尋は八木の言葉を無視し、『これはボクの想像に過ぎないけど』と続けた。

『仮に、その男が、ボクらのせいで刑務所に入ることになったとしたら？　そのことでボクらを恨んでいて、塀の中から嗣渋に復讐を依頼したとしたら？』

『ふむ、なるほど』

八木は顎に手を当て、答えた。

『つまり馬場さんは、その男を始末するために、旦那様のお力を借りようとなさっていると？』

先刻の千尋の言葉が頭を過る。

――ま、しょうがないよ。さすがに塀の中の問題は、ボクたちには手が出せないんだし。権力者を頼るしかない。

塀の中の問題――つまり、刑務所の中にいる標的を消すためには、権力者である松田和夫を頼らなければならないということか。

『だから、ご自身を餌にして、坊ちゃんを動かした』

『そういうこと』

仮に千尋の推論が正しかったとして、気になることがひとつある。八木は彼に尋ねた。『……ところで、坊ちゃん。その塀の中の人物とやらに、心当たりがあるのですか？』

「馬場さん、貴方の要求は存じております」

鋭い視線をこちらに向け、八木が核心を突く。

「前福岡市長・原田正太郎を始末すること、でしょう？」

馬場は押し黙った。

ただなにも言わず、相手の目を見つめ返す。

小さく微笑み、八木は話を続けた。「坊ちゃんに言われまして、お調べいたしましたよ。記録は巧妙に書き換えられておりましたが、確かに嗣渋の部下が数回、刑務所内の受刑者と面会をしていました。――つまり、貴方がたへの復讐を嗣渋司に依頼したのは、原田正太郎だった」

動いた甲斐があった。

「榎田くんなら、やってくれるって信じとった」

自分の見込んだ通りだ。こちらの期待に、彼は十二分に応えてくれた。感心せざるを得ない。

「嗣渋と取引をしたんですよね？」

「そう。依頼人が死ねば、仲間には手を出さない。嗣渋がそう言ったっちゃん。やけん、あいつと手を組むことにした」

嗣渋とはそういう取り決めになっていた。仲間に手を出さないことを条件に、馬場は会社を彼に譲る計画に乗った。

「嗣渋になり替わり、貴方自身が死んだように見せかけたのは、敵の復讐が成功しているように見せかける狙いもあったのでしょう。チームの中心人物が死に、周囲がそれを悲しんでいる状況を作れば、敵側もしばらくは攻撃の手を緩めるだろうというお考えで」

嗣渋は死んだ。だが、彼がいなくなったところで、完全に脅威を取り払ったとは言えない。

「ですが、肝心の依頼人が生きている限り、今後、別の刺客を送り込んでくる可能性もある。貴方のお仲間は命を狙われ続ける。だから、貴方は今のうちに次の手を打った。……そういうことですね？」

ここまできたらもう隠し立てする必要はない。馬場は素直に頷いた。

今回のマーダー・インクの炎上事件。自分の真の目的は、嗣渋司を殺すことでも、あの会社を潰すことでもなかった。

最初から狙いは、刑務所にいる原田正太郎を始末すること、だった。

そのためには、塀の中まで権力が及ぶ人物の助けが必要だ。その人物と交渉するための機会や材料も。だから、仲間の出自を利用した。

「一か八かの賭けやったけど、可愛い一人息子の頼みなら、あんたたちも動いてくれると思っとった」

「お恥ずかしいことに、仰る通りでございます」

榎田が目的に気付いてくれると、自分のために動いてくれると信じ、馬場は病室の中で待ち続けていた。嗣渋司として。

「大変感謝しております、馬場さん。貴方のおかげで坊ちゃんが家に帰ってきてくださいました。そのお礼として、貴方のご要望通り、原田正太郎を消して差し上げましょう」

「それは有難か」

「そうしないと、坊ちゃんが『政治家になるのをやめる』なんて言い出しかねませんから」

たしかに、と馬場は笑った。

「ただし、条件があります」

八木が言葉を付け加えた。

「代わりに、貴方には今後、旦那様の下で働いていただきます」

無論、無償で願いを叶えてもらえるとは思っていない。どんな代償も払うつもりだった。

「俺、政治家の秘書なんかできるかいな。……あ、それともボディガード？　そっちの方が向いてそうやけど、もう顔が割れてしまっとるけんねえ」

軽口を叩くと、八木は笑って流した。

「秘書でも護衛でもございません」低い声で告げる。「駒です」

「……駒？」

「旦那様は優秀な人材を集め、精鋭チームを作っているのです。記録に残らない、陰の傭兵部隊です。公的に動けない場面で、どんな面倒な問題もいち早く対処できるようにと」

「面倒な問題、というと？」

「そうですねえ」たとえば、と八木が説明を続ける。「過去には、大物政治家との癒着がある悪党や、この国に潜む外国の工作員など、警察が手を出せないような存在の暗殺を遂行してきました」

「なるほど。危険な任務に送り込む、使い捨ての駒ってことね」

「ご理解いただけたようで」

「そんな優秀なチームに、この俺が入れると？」

馬場は自嘲し、

「俺はこの通り、片腕ばい」

と、右手を上げてみせた。

この状態で役に立てるとは到底思えないが、

「なにか問題でも？」八木は平然と答えた。柔和な笑みを携えて。「腕一本あれば人は殺せますよね？」

簡単に言ってくれる。馬場は眉をひそめた。だが、この男なら本当に片腕一本で人が殺せそうな凄みがある。

「誰かに殺されて死ぬまで、この国のために働いてください」

という一言で、八木は説明を締めた。これ以上の質問は許さない空気を漂わせている。

「この条件を呑んでくださるのなら、交渉は成立でございます」

元より自分はどうなっても構わなかった。願ってもない条件ではあるが。馬場は念を押した。「本当に、原田正太郎を殺せると？」

「旦那様の傭兵部隊は優秀です。たとえ標的が刑務所の中にいようと、問題ございません」

八木は迷いのない口調で答えた。

だったら、交渉成立だ。馬場は承諾した。

「それで、これから俺はどうすれば？」

「貴方にはまず、死んでいただきます」

「え」

思わず固まってしまう。

「死んだふりですよ、もちろん」

八木は「お得意でしょう？」と軽口を叩いた。

「嗣渋司として、入院中に自殺したことにします。今まさに、我々の息のかかった者たちが、貴方の代わりとなる死体を、貴方がいた病室にセッティングしている最中でございます」

「なるほど、また入れ替わるわけやね」

その死体はいったいどこから拝借してきたんだ、という疑問は口にしないことにした。

「週明けには、病室で首を吊って自殺した嗣渋司のニュースが全国的に流れることでしょう」

まるで気象予報士のような爽やかな口調で八木は告げた。明日は全国的に晴れることでしょう、とでも言うかのように。

「今後、貴方には馬場善治でも嗣渋司でもない、新たな名前と身分が与えられます。顔も変えていただきましょうか」

「そうやろうね」

この顔は嗣渋司として大々的に報道されてしまった。極秘の諜報活動には向かないだろう。

「せっかくやけん、イケメンにしてもらおっかな」

という馬場の冗談は、八木に無視されてしまった。

「まったくの別人として生きていくのですから、今後、知人や友人と接触することは許されません」

それは当然だ。そもそも完全に交流を断つつもりで、自分は嗣渋になり替わったのだから。

「榎田くんとも?」

「今はまだ。ですが、いずれは会うことになるでしょう。旦那様の精鋭部隊は、将来的に千尋坊ちゃんが引き継ぐことになりますから」

馬場は「そのときまで、俺が現役選手やったらいいけどねえ」と呟いた。

「準備が済みましたら、さっそくですが、他のメンバーとともに任務に当たっていただきます」

「任務って？」

「その時々で変わりますが、殉職する可能性が高い危険な任務ばかりです。場合によっては、海外に飛んでもらうこともあります」

一通り説明があったところで、

「他にご質問は？」

と、八木が尋ねた。

「なか」馬場は首を振った。その後で、言葉を付け加える。「ただ……ひとつだけ、お願いがあるっちゃけど」

「何なりと」

これが最後の願いになるだろう。馬場善治としての、最後の。

「俺の事務所に、明太子を届けてほしいっちゃん。匿名で」

馬場の頼みに、八木は小首を傾げた。「明太子、でございますか」

「そう」

馬場は頷き、目を細めた。

「『ふくや』の明太子。レギュラー。無着色ね」

GAME SET

あとがき

２０１４年に始まったこの『博多豚骨ラーメンズ』シリーズも十周年を迎え、全十五巻で無事完結することができました。まずは、これまでお世話になった担当編集の方々、イラストレーターの一色箱（いちいろはこ）さま、刊行に携わってくださったすべての方々、漫画・アニメ・舞台のメディアミックスにおいてお力添えいただきました方々に、深く御礼申し上げます。

作品の寿命を十年で終わらせてしまったのは私の努力不足です。もっとやれることがあったんじゃないかと申し訳ない気持ちもありますが、逆にこんなにも長く続けさせてもらえたのは、読者の皆さまが買い支えて応援してくださったおかげです。読者がいないと作品は出せません。感謝の気持ちでいっぱいです。この愚かな物語と愉快なキャラクターをたくさん愛していただき、本当にありがとうございました。

この作品のおかげで、私はこの十年間、作家でいることができました。たくさん成長させてもらいました。私にとって『博多豚骨ラーメンズ』とは、クリエイターとしての課題であり、人生の悩みの種であり、不安や不幸を突き付けてくる一方でたくさんの幸せをもたらすものであり、心優しい読者さまをいっぱい引き寄せてくれた、そんな唯一無二の存在でした。終わってしまうことへの寂しさや不安はとてつもなく大きいのですが、一方でちゃんと物語を終わらせることができたことへの安堵や達成感も味わわせてもらっております。犯罪を肯定するストーリーであってはならないという意識で毎回書いておりますので、登場人物たちにもきっちり落とし前をつけさせてもらいました。キャラクターにとっても作者にとっても、これ以上ないほどのベストな終幕を選択したつもりでございますが、読者さまにとってもそうであったら良いなと思います。

担当さんに「最後なんであとがき10ページくらい書いていいですか？」と言っていたんですが、いざ書いてみると意外とそんなに語ることがないという、不思議なものですね。それくらい、「やりきった！」と言える状態なのだと思います。すべてを出し切りました。微塵の後悔もないと胸を張って言えるくらい、この最終シーズンには納得がいっております。燃え尽きるまで書かせていただけるなんて本当に有難いことだなぁ、と改めて感じました。

物語は終わりを迎えましたが、豚骨ナインはこれからも前に進んでいきます。皆がそれぞれの道を歩んでいきます。読者さまには是非とも、彼らの未来を想像して楽しんでいただきたいです。

私も、前に進んでいきます。これからも創作を続けていきます。皆さまにもそれぞれの道があるかと思います。作品が完結したことで離れてしまう方もいらっしゃるかと思いますが、いつかまた読者さまの人生と私の作品がどこかで交わることを、心から願うばかりです。

これまでたくさん応援していただき、本当にありがとうございました。幸せな十年間でした。いただいた幸せを返していけるようこれから励んでまいりますので、この作品のことや私のことを今後少しでも覚えていてくださったら嬉しいです。

最後の最後が宣伝で大変恐縮ですが、まだこの世界に浸っていたいという方、政治家になった榎田の今後が気になるという方は、是非ともスピンオフ作品である『百合(ゆり)の華には棘(とげ)がある』を読んでみてください。松田千尋外伝が楽しめるかと思います。

何卒よろしくお願いいたします。

木崎ちあき

＜初出＞

本書は書き下ろしです。

メディアワークス文庫

博多豚骨ラーメンズ14

木崎ちあき

2024年5月25日　初版発行

発行者　山下直久
発行　株式会社KADOKAWA
〒102-8177　東京都千代田区富士見2-13-3
0570-002-301（ナビダイヤル）
装丁者　渡辺宏一（有限会社ニイナナニイゴオ）
印刷　株式会社暁印刷
製本　株式会社暁印刷

●お問い合わせ
https://www.kadokawa.co.jp/（「お問い合わせ」へお進みください）
※内容によっては、お答えできない場合があります。
※サポートは日本国内のみとさせていただきます。
※Japanese text only

※定価はカバーに表示してあります。

Printed in Japan
ISBN978-4-04-915742-0 C0193

メディアワークス文庫　https://mwbunko.com/

本書に対するご意見、ご感想をお寄せください。

あて先
〒102-8177　東京都千代田区富士見2-13-3
メディアワークス文庫編集部
「木崎ちあき先生」係

百合の華には棘がある

木崎ちあき

舞台は東京！『博多豚骨ラーメンズ』のその先を描いた新シリーズ開幕！

犯罪都市・東京。この街で探偵社を営む小百合は、行き倒れていた元格闘家のローサを拾う。行くあてのない彼女から頼みこまれ、行方不明の姉を捜す代わりに、仕事を手伝ってもらうことに。

馴染みの議員・松田から依頼されていた花嫁の素行調査に、ローサとともにあたる小百合だったが……。花嫁の実像に近づくほど、浮かび上がるいくつもの疑念。見えるものだけが、真実なのか――？　やがて小百合達は、15年前、国家権力に葬られたある事件へと導かれていく。

宮廷医の娘

冬馬 倫

黒衣まとうその闇医者は、
どんな病も治すという——

由緒正しい宮廷医の家系に生まれ、仁の心の医師を志す陽香蘭。ある日、庶民から法外な治療費を請求するという闇医者・白蓮の噂を耳にする。

正義感から彼を改心させるべく診療所へ出向く香蘭。だがその闇医者は、運び込まれた急患を見た事もない外科的手法でたちどころに救ってみせ……。強引に弟子入りした香蘭は、白蓮と衝突しながらも真の医療を追い求めていく。

どんな病も治す診療所の評判は、やがて後宮にまで届き——東宮勅命で、香蘭はある貴妃の診察にあたることに!?

凄腕の闇医者×宮廷医の娘。この運命の出会いが後宮を変える——中華医療譚、開幕!

メディアワークス文庫

だって望まれない番ですから1

一ノ瀬七喜

竜族の王子の婚約者に選ばれた、人間の娘――壮大なるシンデレラロマンス！

番（つがい）――それは生まれ変わってもなお惹かれ続ける、唯一無二の運命の相手。

パイ屋を営む天涯孤独な娘アデリエーヌは、竜族の第三王子の番に選ばれた前世の記憶を思い出した。長命で崇高な竜族と比べて、弱く卑小な人間が番であることを嫌った第三王子に殺された、あの時の記憶を。再び第三王子の番候補に選ばれたという招待状がアデリエーヌのもとに届いたことで、止まっていた運命が動きはじめ――。やがて、前世の死の真相と、第三王子の一途な愛が明かされていく。